檻《おり》降《お》り騙《かた》り

角川ホラー文庫
24425

目次

プロローグ

怪談なんて現状に不満を抱えた弱い奴が好き好んで聞くものだ。

小学生の頃、確かにそう言った覚えがある。

その頃、おれはドがつくような田舎暮らしで、宿題もやらずに山で遊んでいるような悪ガキだった。夏休みの読書感想文は親友のタッちゃんに泣きついて、ほとんど代筆してもらっていた。

だから、当時のおれがそんなに的確な言い回しをできたとは思えない。おれの取り止めのない話を、タッちゃんが代わりに上手《うま》くまとめてくれたのかもしれない。

タッちゃんは口元の黒子《ほくろ》を上下させて笑った。

「恵斗《けいと》は作り話が嫌いだもんな」

夏の夕暮れの校庭で、タッちゃんは一番低い鉄棒に腰掛けていた。

おれは昼間の日差しとタッちゃんの体温でぬるくなった鉄棒の隅に腕をかけて答えた。

「作り話でも面白いのなら好きだよ。でもさ、何でわざわざ作り話で怖かったり嫌な気分になるのがいい訳？　そんなの変だろ」

タッちゃんは小さく笑ったが、馬鹿にされたとは感じなかった。おれが怪談は嫌いだと言うと、他の友だちは皆、ビビってるんだと揶揄《からか》った。嗤《わら》わないのはタッちゃんだけだ。

タッちゃんは色白で大人しくて頭がよかった。おれは冬でも日に焼けていて、教室で馬鹿騒ぎして叱られて、体育以外の成績はひどかった。

今にして思えば、全く正反対のおれたちが親友でいられたのは、タッちゃんがおれに合わせてくれていたからかもしれない。いつも独りぼっちだったタッちゃんに話しかけるのがおれしかいなかったのも理由のひとつだろう。

タッちゃんは鉄棒から降りて言った。

「不幸なひとにとっては怪談って作り話じゃないんだよ」

「どういうこと?」

「例えば、『急に幽霊が出てきて殺されるなんて有り得ない。最悪な冗談だ』と思うだろ」

「誰だって思うよ」

「でも、例えば、虐待されて毎日殴り殺されるかもって思いながら生きてる子にとっては、冗談なんかじゃないんだよ」

おれは黙り込んだ。砂埃《すなぼこり》まみれの手洗い場の蛇口から水滴が落ちる音が響くほどの静寂だった。

沈黙に耐えかねた頃、タッちゃんが言った。

「恵斗はそのままでいい」

「何だよそれ、イヤミ？」

「違う。恵斗には不幸になってほしくないから」

そのとき、おれは外で遊んでいるところを見たことがないタッちゃんが、偶《たま》に盛大に転んだような傷を作っていたことを思い出す。

先程の譬《たと》え話はタッちゃん自身のことじゃないかと思ったが、聞くことはできなかった。

タッちゃんは俯《うつむ》いていた。長い前髪が目を隠して、幽霊みたいに見えた。

「恵斗、もう俺と関わらない方がいいかもしれない」

おれは冗談めかして笑う。それ以外の方法を知らなかった。

「何言ってんだよ。タッちゃんがいなかったら誰が読書感想文書いてくれるんだよ」

「それは自分で頑張れよ」

タッちゃんは笑い返したが、その笑顔を思い出すことはできなかった。

古い写真に煙草を押しつけて焦がしたように、タッちゃんの顔が黒い空洞になって記憶から抜け落ちている。

おれが覚えている小学五年生の頃の記憶はここまでだ。あとは、焦げた黒点が広がって全てを塗りつぶしてしまう。

欠落した記憶の点を結ぶと、最後に行き着くのは夏休み明けの教室だ。掃除の後、机を並べるために床にニスが剝《は》げた木の床に血溜《ちだ》まりが広がっている。泡だった血で剝がれかけていた。貼られた四角のテープが、泡だった血で剝がれかけていた。

児童の叫び声と、教師の足音が重なって、耳の奥で音が爆発したようだった。それなのに、幼い手から零《こぼ》れたナイフが床で跳ねる、カランという音はしっかりと聞こえた。

他に思い出せることは何もない。

それでいい。恐ろしいものなんて見ていない。扇情的だがよくある事件、それ以上のことはない。

呪いも幽霊もこの世に存在しない。

おれは不幸じゃないから、そんなものを信じない。

第一部　籠原朝香

姉さんはホラー小説を捨ててから綺麗《きれい》になった。


正直言って、前の姉さんと一緒にいるところを同級生に見られるのが嫌だった。

二年前、中学校に入る直前の春休みにショッピングモールで友だちのお姉さんに会ったとき、言われたことを今でも覚えている。

「籠原《かごはら》さんの妹？　ぜんぜん似てないね」

彼女は馬鹿にするというより、心底可哀想だという顔をした。

「朝香《あさか》ちゃんの方はちゃんとしてるのに」

私は姉さんの犯した罪で一緒に罰を受けたような気持ちになった。

彼女の言い分もわかる。

前の姉さんは誰が見てもちゃんとしてなかった。

重たい髪は伸ばし放題で、毛先が触れる制服の肩にはいつも雪のようなフケが散っていた。せめて髪を結べばいいのに、癖っ毛だから跡がつくのが嫌だと言って聞かなかった。

私だって癖っ毛だけど、ストレートパーマをかけているし、毎日アイロンで整えている。母さんに頼めばどちらのお金も出してくれただろうに。

小学生の頃、同級生の男子に言われた。

「籠原の姉ちゃんって、貞子《さだこ》が好きだからコスプレしてんの？」

私が何と答えたのかは覚えていない。

姉さんがニキビもささくれも治さず、私服の黒いワンピースに不似合いな汚れたスニーカーも買い替えずに貯めたお金は、ホラー映画のパンフレットとホラー小説に消えた。

姉さんを学校の図書室で見かけるたび、黒い表紙の本で顔を覆い隠す姿は、クラスメイトを呪うための呪文《じゅもん》を探す魔女のように見えた。

私は目が合わないように廊下を走り、司書の先生が叱る声を背に浴びた。

家でも私と姉さんはほとんど話さなかった。

でも、姉さんが中学に入って年に三回も上履きを買い替えたり、体育祭の後、姉さんのクラスメイトがカラオケから出てきた日、ひとりだけ早く帰って冷凍ピラフを黙々と食べていたのを見ていたから、だいたい何があったかは知っていた。

ある日、姉さんはニキビで赤い顔をもっと赤くして帰ってきた。紺色のセーラー服の袖《そで》は濡《ぬ》れて一段濃い色になって、鼻水で光っていた。

姉さんはスクールバッグを放り投げるなり、上ずった声で「あいつらは何もわかってない！」と叫んだ。

私は二段ベッドの上から、蹲《うずくま》って泣く姉さんを見ながら嵐が過ぎ去るのを待った。

鳥のような泣き声が徐々に鎮まったのを確かめてから、ベッドを降りて話しかけると、姉さんはしゃくりあげながら言った。

姉さんは図書委員で、夏休み前におすすめの本のポップを作る係だったらしい。勇気を出してホラー小説を特集しようと言ったら皆、賛同してくれたという。

私は最近の姉さんが少しだけ楽しそうだったのを思い出した。

画用紙を切り貼りしてポップを作って、あとは司書の先生に渡して、飾ってもらうだけだった。

翌日、姉さんが教室に入ると、図書準備室に置いていったはずの手書きポップが黒板に貼り出されていた。漫画に出てくる魔術師が悪魔を呼び出すような、チョークで描かれた魔法陣と、姉さんに似せた幽霊の絵と一緒に。

姉さんが三回も上履きを買い替える原因になった旧友たちは、含み笑いで言ったらしい。

「籠原さんって、この本に出てくる呪いの村に私たちを連れて行くために読んでるの？」

姉さんの机上には禍々《まがまが》しい森と血のような赤いタイトルが描かれた本があった。

私はまたしゃくり上げる姉さんを見て、哀しいと思った。姉がいじめられていたことが、じゃない。

姉さんは自分のことには何も構わないのに、こんなに気持ち悪い本のために真剣に泣けるのだと思ったことが、だ。

姉さんはそれから中学に行かなくなった。

仕事で帰りが遅い父さんは何もしてくれなかった。ひとりで抱え込む母さんは、昼間に怒りの刃《やいば》を研ぎ澄まし、夜、父が帰るなり怒声を投げつけた。

私は、姉が行かなくなった中学校に入った。両親はお祝いにハンバーグの店に連れていってくれたけど、同じ制服の子を店で見かけるたび姉さんは遠い目をした。

私はナイフをポテトに突き立てながら、姉さんに消えてほしいと思った。

そのせいだろうか。

姉さんは別人になった。

姉さんは、話題に出すのも恐ろしかった高校受験をしたいと言い出した。母は目に涙を滲《にじ》ませて喜び、介護施設のパートで稼いだお金で姉さんを通信教育の塾で受講させた。

姉さんの本棚からホラー小説が一掃され、参考書と共に、ファッション誌やヘアスタイリングの本が並んだ。

寝る前に目に入るたび嫌な気持ちになったゾンビ映画のポスターは、猫の絵のカレンダーに変わった。

机の上にはニキビ用のスキンケアセットと、爪の甘皮ケア用品と、前髪を整えるヘアマスカラを入れた小物入れが置かれた。

受験が成功して、高校の制服に袖を通した姉さんは、妹の目から見ても綺麗だと思った。

シースルーの前髪と韓国コスメの赤いリップ、ニキビの消えた白い肌に笑みを浮かべて、姉さんは言った。

「今まで迷惑かけてごめんね。もう大丈夫だから」

姉さんは私に話しかけるようになった。

中学で好きな男の子はいるのか。この服にこの鞄《かばん》を合わせたら変じゃないか。絶対焼けないと話題の日焼け止めは本当に効くのか。

私がずっとしたかった普通の姉妹の会話だった。

前は学校の連絡事項ひとつでも姉さんを刺激しないように気をつけた。姉さんを揶揄《からか》うなんてもってのほかだった。重い前髪の下から睨《にら》みつけるような責めるような目を覚えている。

でも、今は違う。

美容院から帰って、ストレートパーマが強すぎてぺったりと髪を貼り付けた姉さんは、自分から私に笑いかけた。

「ねえ、見てよこれ」

私はまるで赤の他人と会話しているように、平静を装って笑い返す。

「泳いで来たみたい」

姉さんは一瞬黙りこくって俯《うつむ》いた。また、あの陰鬱《いんうつ》な眼差《まなざ》しが返ってくる。身構えた瞬間、姉さんは私に飛びかかって抱きしめた。子猫がじゃれつくような軽さだった。

「ひどい、朝香もちょっと前までコケシだったくせに！」

「バドミントン部の顧問がおかっぱじゃなきゃ駄目って言ったんだもん！」

「それなのに伸ばしてるんだ？　先生に言いつけちゃおう」

「うるさいな！」

振り解《ほど》こうとする私に姉さんの腕が絡みつく。私たちはもつれあいながら二段ベッドの下段に倒れ込んだ。枕からはネロリとピオニーのボディミストの香りがした。

姉さんが私の髪をぐしゃぐしゃと撫《な》でる。こんな日が来るなんて、想像もしてなかった。

私は寝転びながら、まだ笑っている姉さんを見あげる。

「姉さんは、もうホラー小説とか読まないの？」

姉さんは長い睫毛《まつげ》を瞬《しばた》かせ、うーんと考え込んだ。

「もういらないかなあ。朝香は読みたかったの？」

「そんな訳ないでしょ。本当は部屋にあるのも嫌だったよ。でも、姉さんはあんなに好きだったのに」

姉さんはふっと笑った。

「もう怖い話に頼る気にならないの」

「頼る？」

「そう。あの頃は映画や小説の中で自分より酷《ひど》い目にあってるひとがいるって安心したかったんだ。それに、ホラーで死ぬのって嫌な奴ばっかりでしょ？　いつかクラスメイトもこうなるんだって思いたかったの。馬鹿だよね」

姉さんは起き上がってはにかんだ。

「私、大人になったでしょ」

「自分でそう言っちゃううちはガキだよ」

「言ったな。私よりチビのくせに」

姉さんはまた私をもみくちゃにする。しばらくじゃれていると、枕の下からかさりと音がして、紙切れがはみ出した。

「何これ？」

姉さんは決まり悪そうな顔をする。私は皺《しわ》くちゃの紙を広げ、思わず呻《うめ》いた。

切り取ったノートの紙面が黒く塗り潰《つぶ》されていた。

違う。塗り潰したんじゃなく、大量の線が引かれていた。

罫線《けいせん》を無視した何重もの縦線の間に、歪《ゆが》んだ楕円《だえん》の塊が描かれている。墨の檻《おり》に囚《とら》われた鼠のようだ。

不気味な画の横には判読できない文章が連ねられている。姉さんの字だと思った。

背筋が寒くなり、窄《つぼ》まった毛穴から汗が滲んだ。

姉さんはもう怖いものなんて興味がないと思っていたのに。

やっと普通になったような顔をして、こんなに得体の知れないものを隠し持っていたなんて。

姉さんは慌てて私から紙を取り上げた。

「違うの、変なものじゃないから」

「これのどこが変じゃないの？」

私は裏返った声で尋ねる。昔の姉さんならそれだけで小動物のように縮み上がったけど、今は落ち着き払って私の肩に手を置いた。

「おまじないみたいなものなの」

「おまじない？　まだスピリチュアルとかオカルトとかやってるの？」

「そういうのが好きだった頃に知っただけ。何て言うのかな。これを置いて寝るとね、ひとと話すとき緊張しなかったり、変なこと言っちゃわなかったり、ちょっと違う自分になれるの」

姉さんは照れたように手を振った。

「勿論《もちろん》、信じてる訳じゃないよ。気持ちを切り替えられるだけ。受験するって決めたときから続けてるからルーティンみたいなものなの」

そう言うと、姉さんは紙を折り畳んで枕の下に隠した。

私は納得したふりをする。本気で信じている訳でもなさそうだし、姉さんがおまじないのお陰で変われたならそれでいい。

紙の裏側まで黒く滲んだ絵が虫のようで不気味だったけど、枕の下から出てこないなら、ゾンビ映画のポスターよりずっとマシだ。


それ以降、おまじないのことなんてすっかり忘れていたのに、今になって変な夢を見たのは何故だろう。

きっと二月なのにやけに暑くて、窓を少し開けて寝たせいだ。

泥の中で浮き沈みするような眠りと覚醒《かくせい》の間で、生温かく風を感じる。そよいだカーテンが私の鼻先をくすぐった。

払い除《の》けようとして、手の甲に犬の鼻のような湿った空気が触れた。眠気が消えて、脳が急速に冷えていくのがわかった。

二段ベッドの上段で寝ている私に、カーテンの裾《すそ》が触れるはずがない。

目を見開くと、藍色《あいいろ》の闇を区切るように黒いものが垂れていた。姉さんが枕の下に入れていた不気味な絵の檻のようだった。

黒の中に、薄い光を反射するふたつの光がある。

姉さんが私を覗《のぞ》き込んでいた。

ベッドの枠に顎《あご》を乗せ、頭のてっぺんを天井につけ、僅《わず》かな隙間に顔を挟み込んで私を覗いている。

姉さんは笑っていた。

咄嗟《とっさ》に寝たふりをしようとして、目を瞑《つぶ》る前に姉さんと視線が合った。姉さんは暗闇を映した目を横に歪めて笑う。

私は寝ぼけて何もわかっていないふりをする。

「何、どうしたの……」

「魘《うな》されてたから、心配で」

台本を読み上げるような抑揚のない声だった。

心配している顔じゃない。姉さんはまだ笑っている。

私が「大丈夫」と答えると、姉さんは二段ベッドの梯子《はしご》を降《くだ》って消えた。まだ頬の辺りに姉さんの吐息が渦巻いているような気がした。

やけに響く時計の音と、騒がしい心臓の鼓動が布団の中で膨らんだ。

翌朝の姉さんは、ごく普通だった。

いつも通り、水垢《みずあか》で曇った洗面台の鏡に向かって、髪を梳《と》かしていた。一番ひどい頃の姉さんは鏡を見ると、生まれたての仔猫《こねこ》のようにびくついて、警戒しながら暗い洗面所から逃げ出した。

今はそんなこともない。だからこそ、昨夜のことが不気味だった。

土曜日の午後らしく、親子連れが目立つショッピングモールまでの道を並んで歩きながら、姉さんに尋ねた。

「本当に覚えてないの？　すごい怖かったよ」

「全然。寝ぼけてたのかな」

「夢遊病とかじゃないよね。姉さん、ストレス溜《た》めてるんじゃないの」

「まさか、そんなに勉強してる訳でもないし」

姉さんは微笑む。

「朝香こそ、そろそろ受験のことで悩まなきゃいけない時期でしょ」

「次の大会でいい成績取ればスポーツ枠で推薦取れるもん」

「バドミントンのことばっかり。春休みに塾の体験入学くらいしておきなよ」

マフラーに顔を埋めながら白い息を吐く姉さんは嘘を言っているようには見えなかった。

二月の街は空気が乾燥して、寂れた低いビルがより虚《むな》しかった。

やたらと駐車場が広くて入り口前で安物の鞄《かばん》を売っているレンタルビデオ屋。客が入ってるのを見たことがない中華料理店。監獄のような学習塾。

都会ではないけど、田舎と呼べるほど豊かな自然もない街だ。

角を曲がると、ファストフード店から姉さんの高校と同じ制服の男女が出てきた。部活動の帰りに寄ったのだろう。皆、小さなピアスを開けたり、校則では禁止されているピンクや水色のベストを着ていた。

私は身構えた。昔の姉さんと絶対に合わないタイプだ。

集団の中で茶髪の女子がこちらを向いた。

「あれ、夕菜《ゆうな》？　何してるの」

侮蔑《ぶべつ》も嘲笑《ちょうしょう》も込められていない笑顔だった。姉さんの下の名前を家族以外から聞くなんて。

姉さんは小走りで集団に駆け寄る。

「ちょっと買い物。みんなは陸上部の帰り？」

「そう。野球部が模擬試合やるからって体育館走らされたんだよ。しかも、副顧問まで来たの」

「じゃあ、また『張り切ってもう一周』ってやられたんだ？」

「思い出させないで、トラウマなんだから」

姉さんは私の知らない顔で、私の知らない教師の真似をして、私の知らない姉さんの友だちが一斉に笑う。

少し離れたところで見守っていると、姉さんと同世代の男の子が店から勢いよく飛び出してきた。

茶髪の女子が振り返る。

「恵斗《けいと》、遅かったね。財布見つかった？」

「あった。すげえ焦った。ソファとソファの間に挟まってて……」

彼は背が高く、二月だというのに日に焼けていた。首の筋がくっきりと浮いて、陸上部らしい体形だ。

髪はワックスで自然に纏《まと》めて、両耳に小さなリングのピアスをつけている。

私の学校にウヨウヨいる、お洒落《しやれ》とは無縁のスポーツしか知らない運動部とは大違いだ。

姉さんは彼を見ると、少し俯《うつむ》いて呟《つぶや》いた。

「あっ、折内《おりうち》くん……」

「籠原じゃん。何、姉妹で買い物？」

「よくわかるね」

「わかるよ、すげえ似てるから。小型の籠原がいるなって思った」

隣の女子が「失礼でしょ」と小突く。

私が慌てて会釈すると、彼は日焼けした顔で屈託なく笑い返した。

陸上部のみんなが手を振って去った後も、姉さんは制服の間で見え隠れする彼を目で追っていた。私は姉さんを揶揄《からか》う言葉を考える。

店を取り囲む違法駐輪の自転車が、日差しを受けて燦然《さんぜん》と輝いた。

夕飯の食卓で早速話をすると、母さんは筑前煮《ちくぜんに》の鍋《なべ》を持ったままテーブルに身を乗り出した。

「何々？　お姉ちゃんとその子はどういう関係なの？」

姉さんは真っ赤になって、

「ただのクラスメイトだよ！」

と両手を振った。

「折内くんも昔、事故か何かで学校に行けなかった頃があったらしくて、いろいろと話聞いてくれたの」

「本当にそれだけ？」と、私が揶揄うと、姉さんは肘《ひじ》で小突いてきた。

午前で仕事を終えた父さんは缶ビール片手に目を細める。母さんは煮崩れた鶏肉《とりにく》を箸《はし》でつまみながら心底幸せそうな顔をした。

「お姉ちゃんにもそういう子ができるなんてね。何だか感慨深いなあ」

「お母さんってばお年寄りみたい」

私は呆《あき》れつつ、本当によかったと思う。一昨年《おととし》の今頃、母さんが冷蔵庫にもたれかかって言った。

「お姉ちゃんと一緒に死んじゃおうかなと思ったんだけど、あんたがいるからそれもできなかった」

当時は無言の食卓に電球の傘に蠅《はえ》がぶつかる音だけが響いていた。キッチンの奥の暗闇が冷たく濃く見えて、霊安室のようだった。

今じゃまるで別の家みたいだ。

父さんが茶碗《ちゃわん》にこびりついた米粒をこそぎ落としながら呟く。

「しかし、夕菜は変わったな」

「そう？　変？」

姉さんは口角を上げる。

「まさか、今の方がずっといいよ」

父さんの言葉に、姉さんは更に唇を吊《つ》り上げた。

「じゃあ、昔の私は要らない？」

一瞬、時が止まったような沈黙が訪れた。私たちは硬直し、器から漏れる湯気だけが動いている。

私はわざと明るい声を出した。

「怖いこと言わないでよ。今も昔も姉さんでしょう」

両親は喉《のど》から長い息を漏らしてから私に同調した。和やかな空気が戻った後も、私の心臓は冷たい手で握られたようだった。

姉さんの目は、昨夜私を覗《のぞ》き込んでいたときと同じだった。

眠る前、私は姉さんを問い質《ただ》そうか迷った。本当は何か悩んでいるんじゃないだろうか。

そう思いつつ、寝室の扉を開けると、真っ暗な部屋に佇《たたず》む姉さんの背中が目に飛び込んできた。結露した白い窓ガラスに張り付く姉さんは、幽霊のようだった。髪の間から強張《こわば》った横顔が覗く。

「何してるの……」

姉さんは振り返りもせずに言った。

「またいる」

近寄ると、姉さんはカーテンの陰に隠すように私をしゃがませて、窓の外を指した。

街灯の光が刃《やいば》のように細く伸びる暗い路地に、人影があった。

悲鳴を上げかけた私の口を姉さんが押さえる。姉さんの指で自分の呼気が跳ね返るのを感じながら、私は恐る恐る影を見つめた。

背格好で姉さんの同世代の男の子だとわかった。ひどく痩《や》せていて、真っ黒な髪と制服が闇に溶け込んでいた。

彼が顔を上げると、ふたつの鋭い目が爛々《らんらん》と光る。視線が窓ガラスを突き抜けて、隠れているはずの私たちを射貫《いぬ》いた。

私は息を殺して姉さんに聞く。

「誰なの、姉さんの知ってるひと？」

「中学で一緒だった子」

姉さんは犬歯を覗かせ、忌々しげに言った。昔の過去が亡霊になって滲《にじ》み出したような気がした。

彼が諦《あきら》めたように去ってからも、私は冷たいフローリングに座り込んだまま立ち上がれなかった。

姉さんが最近少しおかしかったのは、あの男のせいだ。

夜中に私を覗き込んでいたのも、夕食のとき妙なことを口走ったのも、きっとあの男に付き纏《まと》われて参っていたからだ。

私は朝早く目覚めて、洗面台の鏡に向かう姉さんに詰め寄る。姉さんはヘアアイロン片手に目を丸くした。

「今日は早いね。日曜日は朝練ないのに」

「昨日の奴、誰なの。何でうちの前にいたの」

姉さんは拷問器具のように熱くなったヘアアイロンの電源を切って、洗面台の脇に置いた。

「……中学の頃、同じ図書委員だったの。ちょっと変わった子だけど、本の趣味は合ったし、みんなと違っていろいろ言ってこないから仲良くしてたの」

確かに、昔の姉さんはああいう人間としか付き合えなかっただろう。今の姉さんと昨日の昼間に会った陸上部の子たちは違う。

私の喉から自分で驚くほど意地の悪い嘲笑《ちょうしょう》が出た。

「それで今も姉さんに未練タラタラで付き纏ってるんだ」

「別に付き合ってた訳じゃないよ」

「だったら、はっきり言えば？　もう関係ないでしょって」

姉さんは眉《まゆ》を下げ、憂いを帯びた表情を浮かべた。その仕草がやけに芝居がかって見えた。

「ちょっと怖いから」

「どうして？」

「あの子転校生だったんだけど、昔を知ってるひとたちの間で噂があったの。同級生をナイフで刺したって」

「人殺しなの？」

私が思わず叫ぶと、姉さんは首を横に振った。

「死んではいないみたい。どこまで本当かわからないけど。逆恨みされたら嫌でしょ？」

「そんなのストーカーだよ。警察に相談した方がいいよ」

「朝香は大袈裟《おおげさ》なんだから。見てるだけで何ともないよ」

姉さんは呑気《のんき》に髪の毛を巻き直す。私が焦《じ》れったくなって姉さんの肩を掴《つか》んだとき、廊下の向こうから母さんの悲鳴が聞こえた。

私たちはリビングへ駆けつける。

父と母は昨日の姉さんのように、カーテンを開け放った窓に向かっていた。

「何があったの？」

真っ青な顔で唇を震わせる母さんの代わりに、父さんが言った。

「家の前にずっといるんだ。何だよあいつは」

　窓の向こう、小さな庭と道路を隔てるブロック塀の陰に昨日の男が立っている。雨垂れで汚れたブロックの隙間から艶《つや》のない黒髪が見える。彼はガレージの前に置いた灯油の赤いポリタンクに足をかけて、ときどきこちらを覗いていた。

「あいつ、姉さんに付き纏ってる中学のときの同級生！」

　私が叫ぶと父さんが目を剝《む》いた。

「何？」

「朝香、余計なこと言わないでよ」

　父さんは私と姉さんを見比べ、溜息《ためいき》をついた。

「追い払ってくる」

　いつもの頼りない父さんからは想像できない力強い声だった。姉さんの話が頭を過《よ》ぎる。彼が同級生を刺したナイフをまだ持っていたら。

「父さん、危ないよ！」

　私は父を追って玄関を飛び出す。ちょうど、父が男の腕を捩《ね》じり上げたところだった。私は鈍く光る刃が父の脇腹を貫くのを想像する。

　目を背けかけたが、予想に反して男は無抵抗だった。

　よく見ると、彼は頰に血が滲んだガーゼを貼っている。足も骨折しているのか、片方は運動靴なのに、もう片方はサンダル履きで分厚い包帯を覗かせていた。

血管が透けるほど生気のない肌と、目の下の黒いクマも相まって不気味だった。

父さんは一瞬鼻白み、男の腕を離して突き飛ばした。

「うちの娘に何の用だ！」

声は裏返っていた。男は父よりもずっと年上のよう見える表情で睥睨《へいげい》した。乾いた唇が動く。

「あれ、もうすぐ娘じゃなくなるぞ」

男はそう言い捨てて、片脚を引き摺《ず》りながら去っていった。

私と父さんはその場に立ち尽くす。

家の前の通りを駆け抜ける大型トラックが冷たい空気をかき混ぜる音だけが響いた。

隣家の垣根の山茶花《さざんか》の花びらが散る。

「何なんだ、薄気味悪い……」

父さんが吐き捨てた。私は家の方へ向き直り、また叫びそうになった。

窓から見える姉さんは見たことがない表情で全身を震わせていた。

怒りでも恐怖でもない。顔の皮膚の下に針金を通して何者かが揺らしているようだ。

歯の間から垂れた一雫《ひとしずく》の唾液《だえき》が窓ガラスに溢《あふ》れ、結露と共に伝い落ちた。

また我が家に暗い翳《かげ》りが訪れた。

母さんは取り乱して、姉さんにあの男のことを問い詰めた。父さんはさっきので一生分の勇気を使い果たしたのか、ソファで縮こまってテレビを観始めた。

父さんは「子どもだから大それたことはしないはずだ」と、自分に言い聞かせるように言った。

母さんは「悩みがなくなったと思ったらまたこんなことになるんだから」と、叫んで蹲《うずくま》った。

まるで昔のようだ。違うのは姉さんだけだ。両親の間を行き来しながら私のせいでごめんねと囁《ささや》くなんて、昔の姉さんには絶対にできなかった。

彼の言葉が脳内で反響した。

あれ、もうすぐ娘じゃなくなるぞ。

あの日から母さんはパートの時間を短縮して、私と姉さんの帰りには必ず迎えに来るようになった。

幸い男の姿を見かけることはなくなったけど、同じ背格好の学生がいると身構えてしまう。

帰り道、同級生と買い食いしたり、コンビニに雑誌を立ち読みしに行くこともままならなくなった。

家の空気は常にどこか張り詰めていて、恐怖より苛立《いらだ》ちが勝《まさ》ってくる。全部あの男のせいだ。

唯一幸運なのは、家から出辛《でづら》くなったお陰で勉強が捗《はかど》ることくらいだ。私は読みたくもない国語便覧を広げる。宿題は古文の現代語訳だった。今誰も使わない文章が読めるようになって、何に役立つというのだろう。

黒い蚯蚓《みみず》のような筆文字の写真を眺めていると、ある一点に目が留まった。初めて開く頁なのにどこかで見覚えがある。大昔の祭りで巫女《みこ》が神様を迎えるために詠んだ、祝詞《のりと》というらしい。

少し考えてから、姉さんのおまじないだと思い出した。あの禍々《まがまが》しい墨の塊の横にあった文字だ。あれは今も姉さんの枕の下にあるのだろうか。

ちょうど姉さんが私を呼ぶ声がした。私は国語便覧を閉じてキッチンに向かう。

姉さんはエプロンをつけて、テーブルにボウルや泡立て器を並べていた。

「今日帰りにチョコの材料買ったの。家にいても暇だし、一緒にやらない？」

私は明日《あした》がバレンタインデーということも忘れていた。自分でも知らないうちに気持ちが塞《ふさ》いでいたようだ。

「やる！」

「はいはい、ちゃんと手洗ってよ」

私が飛びつくと、姉さんは声をあげて笑った。いつもと全く変わらない笑顔だった。

ビニールのテーブルクロスに業務用のチョコレートブロックやカラースプレー、アラザン、ギンガムチェックの袋が並ぶ。玩具箱《おもちゃ》をひっくり返したような色彩を見ていると、悩んでいたのが馬鹿らしくなった。

「朝香は誰にあげるの？」

「クラスの子と部活の子と、進路相談に乗ってくれた凌子《りょうこ》先生にもあげようかな」

「じゃあ、たくさん作らなきゃね」

「姉さんは？」

「私も友だちと図書委員の皆に配らなきゃ」

「折内恵斗はいいの？」

姉さんは目を吊《つ》り上げたが、口元は緩んでいた。

「もう、揶揄《からか》わないでよ」

「いいじゃん、待ってるかもよ」

「そんなことないよ」

泡立て器の柄でチョコレートを砕こうと悪戦苦闘していた姉さんは息を吐いた。

「これじゃ駄目だ。朝香、包丁取って」

私は言われた通りに包丁を手渡す。汗だくの姉さんの手が滑って、刃の先端が指を引っ掻《か》いた。一筋の赤い線が刻まれ、玉のような血がぽつりと滲《にじ》み出した。

「ごめん、大丈夫？」

姉さんは真っ青な顔で滴る血を見つめていた。そんなに深い傷ではないけど、どんどん血が出ている。

「引っ張って」

姉さんは震える唇で言った。

「えっ、引っ張っちゃ駄目だよ。押さえて止血しないと……」

姉さんは歯を食い縛り、全身がバラバラに砕け散りそうなほど震えていた。強張《こわば》った顔に血管の筋が浮いている。あの男が来たときと同じ表情だった。

姉さんは血塗《ちまみ》れの指を私に突き出した。

「出して、引っ張って、出して！」

「何言ってるの、どうしちゃったの……」

「早く出して！　こいつは私じゃない！」

前髪の下から睨《にら》む、怯《おび》えたような、責めるような瞳《ひとみ》は、昔の姉さんそのものだった。

姉さんが指を伸ばす。私の目蓋《まぶた》に生温かい雫《しずく》が飛んで、目の前が赤いもので霞《かす》んだ。

ぬるりとナメクジのような血が睫毛《まつげ》に貼り付く。

姉さんが身を乗り出した瞬間、私は無意識に姉さんを突き飛ばして駆け出した。

キッチンから響く甲高い叫び声が、私の背を追いかける。

私は運動靴の踵《かかと》を踏んで突っ掛け、玄関から飛び出した。灯油のポリタンクにぶつかって転びかける。

脱げた靴を摑《つか》み、私は姉さんの叫びが反響する家から裸足《はだし》で逃げ出した。

湿気《しけ》った靴下を貫通して、アスファルトの凹凸が足の裏に嚙《か》みつく。冷たい空気が覆いかぶさるように貼りついた。

喉《のど》に風が流れ込んで、カッターの刃を飲んだように痛んだ。

私は足を止める。

見慣れた商店街が息切れで歪《ゆが》んで見えた。仕事帰りのサラリーマンや買い物を終えた主婦の声が遠く反響した。

すれ違う会社員が怪訝《けげん》な目で私を見た。

店の自動ドアに私の姿が反射している。裸足で上着も羽織らず、目が真っ赤だった。変な子だと思われたんだろう。

目を拭《ぬぐ》うと、街灯や店のネオンが細かい光の粒を垂らしたように滲んだ。

私は手に提げていた運動靴を地面に叩《たた》きつけ、爪先《つまさき》をねじ込む。靴下についた湿り気が広がって底冷えした。

これからどうしよう。姉さんはおかしかった。昔だってこんなことはなかったのに。

夕暮れの商店街はとろりとした赤い光が満ちていた。

肉屋のトラックが通り抜ける音が聞こえる。特売のトイレットペーパーが山積みのドラッグストア、ワゴンを並べた古本屋、流行《はや》りの曲が漏れてくるカラオケ店。その全部にひとがいる。

それなのに、私は世界で独りになったような気がした。姉さんも泣きながら帰った日、こんな気分だったんだろうかと思った。

私は俯《うつむ》き、周りの人々が見えないように歩いた。そんなことをしても周りから私が見えなくなる訳じゃないのに。罪人として晒《さら》し者《もの》になっている気分だった。

今同級生に会ったらどうしよう。いつもは何でもない店々の出入り口が今は恐ろしい。

ローマの神殿のような派手なカラオケ店の前を通りかかったとき、高い声が聞こえた。

「夕菜の妹ちゃんだよね？」

心臓がぎゅっと縮む。嫌だと思いつつ顔を上げると、茶髪の女子高生が私に向かって来た。この間会った姉さんの同級生だ。

後ろにはベージュのカーディガンを羽織った折内恵斗がいた。

咄嗟《とっさ》に逃げようとした私の腕を、茶髪の女子が摑む。カラーコンタクトで赤みを帯びた目は心配そうに私を見ていた。

「ちょっと、どうしたの？」

「何でもないです」

「血がついてる」

私はそう言われて、視界の端に赤茶けたものがこびりついているのに気づいた。姉さんの血だ。

折内恵斗がカーディガンの袖《そで》で私の目蓋を拭った。

「怪我、じゃないか。よかった」

茶髪の女子が慌てて鞄《かばん》をひっくり返す。

「恵斗の服じゃ余計汚れるでしょ！　私ティッシュ持ってるから」

「ひでえ、おれの服汚れてないよ！　なあ？」

折内恵斗が真剣な顔で私を覗《のぞ》き込んだ。薄っぺらいウールの感触が目蓋に残って、思わず笑った。

茶髪の女子は眉《まゆ》を下げて私を見た。

「言いづらかったらいいんだけど、何かあったの？」

私は曖昧《あいまい》に首を振る。

「事件とかじゃないよね？」

「大丈夫です」

寒さが薄い服を貫通して染み出した。震えていたら余計心配されると思って、私は自分の両腕を強く握りしめた。

茶髪の女子がふっと溜息《ためいき》を吐く。

「最近、夕菜も落ち込んでるみたいだったから心配で」

「姉さんが、ですか？」

「うん。聞いても大丈夫だとしか言ってくれないし。お家《うち》で何かあったりした？」

私は口を開きかけてやめる。何を伝えればいいのだろう。姉さんがストーカーに遭っていると言ったら、手を貸してくれるかもしれない。

でも、さっきの姉さんのことはどう説明していいかわからない。もしも、変だと思われたら、また昔に逆戻りだ。

私が足踏みしていると、折内恵斗が急にカーディガンを脱いで差し出した。

「これ返すのいつでもいいからって籠原に言っといて」

彼は少し笑って、

「あ、そっちも籠原か。姉ちゃんの方な」

と、付け足す。

「……ありがとうございます」

「籠原って全部ひとりで頑張ろうとするとこあるからさ。おれたち、頼りないかもしれないけど、相談してくれれば力になるから」

ふたりは何度も私を振り返りながら去っていった。

私は折内恵斗から貸してもらったくしゃくしゃのカーディガンに袖を通す。

制汗剤の仄《ほの》かな香りがして、体温が残っていて温かった。

私は商店街を歩き出す。少しだけ気が楽になった。今の姉さんには家族以外にも心配してくれるひとがいる。

そう思ったとき、脳裏に姉さんの声が反響した。こいつは私じゃない。

温まった身体が冷水を浴びたように凍りつく。

不安を振り払おうと、私は足を速めた。

空は橙色《だいだいいろ》が薄くなり、藍色《あいいろ》に変わり始めた。

もうすぐ夜だ。

私はやっとスマートフォンの通知を見ていなかったことを思い出す。母さんがひどく心配しているだろう。

案の定、画面をスライドするなり、メッセージアプリの通知と不在着信が膨れ上がった。

私は慌てて母さんに電話をかける。

甲高い声で叱り言葉が飛んでくるのが想像できた。何と言い訳をしよう。気が滅入《めい》りそうだけど、ようやく日常に戻って来られた安堵《あんど》も感じた。

五コール後に、電話が通じた。

「ごめん、母さん。ちょっと出られなくて……」

聞こえたのは怒声でも泣き声でもない。ぶちっ、ぶちっ、と何かを千切るような音だった。

耳を澄まさなければ聞き取れないほど小さい上に、雑音もひどい。ポケットにスマートフォンを入れたまま、偶然電話が通じてしまったようだ。

「母さん？」

今度は波か車の走行音のような音が聞こえた。それから空気の漏れるような音。

どちらもくぐもって、胸がざわつくような響きだ。

音は近くなったり遠くなったりする。まるで、手が離せない代わりに、誰かに電話を持ってもらって話しているようだ。

何の音だろう。そう思ったとき、音が近づいた。

いびきだ。魘《うな》されながら細い息を吐いているようないびきだ。

「誰……」

電話の向こうから笑い声がした。他人を馬鹿にして、試しているような嫌な含み笑い。

唐突に声が聞こえた。

「これ、何の音だかわかる？」

姉さんの声だった。

鼓膜から温《ぬる》い水が侵入して脳内に溜《た》まったように、電話を切ってからも音が離れない。

商店街の個人商店が次々と店仕舞いを始める。目の前で本屋のシャッターがぴしゃりと下ろされ、地面に振動が伝わった。店主の老人が奥から鉤針《かぎばり》状の棒を伸ばし、少し浮いたシャッターを完全に閉ざす。

世界から締め出されたような気がした。

私は貸してもらったカーディガンの前を掻《か》き合わせ、ネオンの漏れる道を進む。辺りはすっかり暗くなっていた。家に帰りたくない。でも、他に行く場所がない。

友人の家に駆け込めば一晩くらい泊めてくれるだろう。でも、その間に姉さんや家に何か起こったら？　全てが手遅れになるのも、今確かめに行くのも嫌だった。

電話の主は確かに姉さんだった。誰かが家に侵入した訳じゃない。安心していいはずだ。

でも、別人のような口調だった。わざと問題を解けない生徒を指名して吊し上げる、嫌な教師のような含み笑い。

姉さんは「何の音だかわかる?」と言った。聞こえたのはいびきだった。母さんはパートを終えたはずだし、今日は父さんが早く帰ってくる日だけど、まだふたりとも寝る時間じゃない。

ふと、姉さんが昔観ていたホラー映画を思い出した。リビングのテレビを使うと家族が嫌がるから、皆が寝静まった後、ベッドに持ち込んだノートパソコンを半開きにして、明かりが漏れないように周りを覆って観ていた。

夜中に起きると、仄かな青白い光の中に、目を光らせて画面を眺める亡霊のような姉さんがいて、ぎょっとしたのを思い出す。

私はいつも見ないふりをしたけど、姉さんが私の学校でも話題だった映画を観ていた夜は、隣に並んで少しだけ一緒に観た。

私が声をかけると、姉さんは戸惑いつつイヤホンを外してベッドを半分空けてくれたのを思い出す。

昔の姉さんは変わり者だけど、あの頃も優しかった。姉さんの体温が残る布団の温《ぬく》もりを思い出して泣きそうになる。何故こんなことを今思い出したんだろう。

あのとき観た映画で、同じ音を聞いたからだ。

恐ろしい村で旅人が次々と殺される映画だった。

暗闇で後ろから頭を殴られた男が、地面に昏倒《こんとう》したとき、半目を開けていびきをかいていたのだ。

電話から聞こえたのは、あの音だった。

思わず足が止まる。

私たちが散らかした台所に倒れる両親と、笑いながら見下ろす姉さんを想像した。

研ぎ澄まされた冷気が全身に襲いかかった。

遠くでサイレンが聞こえる。

深呼吸して辺りを見回すと、家の近くの公園に来ていた。

囲いの木々は夜闇《やあん》を吸収して深い森のように鬱蒼《うっそう》としていた。街灯の薄明かりに照らされる遊具は、昼間とは別物のように不気味だった。

早く通り過ぎようと思ったとき、ブランコに誰かが腰掛けているのが見えた。私は誘《おび》き寄せられるように、公園に入っていた。

座っているのは、ブランコで遊ぶような歳じゃない、学生服の男だった。

疲れ果ててぐったりと座り込む男の口から、白い煙が漏れている。寒さで冷えた息かと思ったが、煙草を吸っているんだとわかった。

長い黒髪に覆い隠された顔には、新しいガーゼが貼られ、足先は片方がサンダルで、包帯が巻かれている。

姉さんに付き纏《まと》っていた、あの男だ。

逃げようと思った瞬間、男が顔を上げた。

生気のない瞳《ひとみ》が私を捕らえる。走り出したいのに足が動かない。

「お前……籠原の妹か」

男は大人のような暗い声で言った。私は縋《すが》るようにカーディガンの前立てを握りしめ、震える足を突っ張った。考えるより早く言葉が出た。

「あんたのせいで、全部めちゃくちゃだ！」

男が目を見張る。理性では怒らせたら危険だとわかっているのに、言葉が止まらなかった。

「あんたが来てから姉さんはおかしくなった！　家族のみんなが怖がってる。ふざけないでよ。何で付き纏ってるの。やっと、やっと、まともになれたと思ったのに！」

「籠原がおかしくなった？」

男は煙草を地面に捨て、嘲《あざけ》るように口角を上げた。

「どうおかしくなった。急に性格が変わったか。鏡を怖がるようになったか。刃物を使わなくなったか」

意図の汲《く》めない言葉が次々吐き出される。

私が後退《あとずさ》りすると、男が腰を浮かせた。痩《や》せているが、私よりずっと背が高く、伸びた影がすっぽりと私を包み込んだ。

まずい。やっと冷静になった頭が逃げろと言う。

男が立ち上がり、ポケットから小さなものがカラリと落ちた。月光に照らされたのは、折りたたみ式のナイフだった。

私は踵《きびす》を返し、全力で走り出した。

「待て！」

男の声が背中に降りかかる。私を追ってきている。足を引き摺《ず》っているが、歩幅が大きくすぐに追いつかれそうだ。殺される。

私は必死で公園を飛び出し、家へと向かった。

もうあの電話に怯《おび》えている場合じゃない。今刺されるよりずっとマシだ。

住宅街の路地に飛び出した私の視界を、真っ赤なものが塞《ふさ》いだ。

消防車だ。車は私を撥《は》ねかけたのにも気づかず、速度を上げて進んでいった。

街灯の照り返しで赤く光る胴体に、家の前に置きっぱなしだった灯油のポリタンクを思い出す。考えたくないことが浮かんだ。

住宅街が騒がしい。家から飛び出して来たひとたちが路地を埋め尽くす。彼らは囁《ささや》き合いながら道の先を指していた。

男の煙草と同じ匂いが漂ってくる。白い煙が霧のように流れ出した。道の先にあるのは私の家だ。

遠ざかる消防車のサイレンがわんわんと頭を揺らす。

どうか私の家じゃありませんように。祈りに反して、車は人混みを押し退け、どんどん進んでいく。見慣れた近所の風景が暗転した。

男の声が響いた。

「籠原！」

全身汗まみれで荒い息をしながら私の後を追っている。私は再び駆け出した。

「朝香ちゃん！」

斜向《はすむ》かいに住むおばさんがエプロン姿で私を呼び止めた。助かった。私はおばさんに縋りつく。

「助けてください。私、追われて……」

おばさんは私を抱きとめ、顔中に皺《しわ》を寄せる。

「大丈夫、心配いらないからね。もう消防車が来てるから。絶対に助けてくれるから」

私はおばさんの腕を押し退けて離れた。

「何の話ですか……」

おばさんは首を横に振って視線を上げた。私は一緒に顔を上げる。

目の前で、赤が膨れ上がった。

何が燃えているのかわからなかった。

全てが炎に包まれて、元が何なのか見えなかったからだ。

右隣の赤い屋根の家と、左隣の黒い車のある家の間に、巨大な炎が聳《そび》え立っている。

私の家だ。

濛々《もうもう》と黒煙が空に伸びて、夜空の闇と合流する。

父さんの車は熱で歪《ゆが》んで、車体を赤く染めていた。萎《しお》れた垣根が煤《すす》で暗く汚れ、ぱちぱちと音を立てて倒れかけている。空のポリタンクが庭先に転げていた。

叫び声が聞こえた。耳が割れそうなほど近くで叫んでいる。喉《のど》が張り裂けそうだった。

叫んでいるのは、私だ。

「父さん、母さん、姉さん！」

飛び込もうとした私を、おばさんが押し止《とど》める。消防車から駆け降りた隊員がホースで水を噴射していた。二階の窓から飛び出した炎と煙が水を押し潰《つぶ》す。

窓ガラスが砕け散り、破片が降り注いだ。

燃え盛る部屋の中に、姉さんがいた。

姉さんは笑っている。煤で顔を真っ黒に染め、縮れた髪に燃え移った炎が肩に迫っていた。

それでも、笑っている。

顔中の筋肉を引き攣《つ》らせ、中に通った糸で無理やり作ったような表情で。全身がバラバラになりそうなほど震えながら。

爆発音が響き、押し寄せた炎が、姉さんを掻《か》き消した。

第二部　穴水健

またやってしまった。

少女の甲高い泣き声に耳を塞ぎたくなる。そんなことをしてもやってしまったことは消えないし、逃げたら余計に責められるだけだとわかっているのに。

僕はそんなに悪いことをしただろうか。

ただひとつ自分にできる特技とも呼べないようなこと、怪談を求められて応《こた》えただけだ。

確かに「自死遺児支援団体」とついた場所で行うには不適切だったかもしれない。でも、求めたのはその子どもたち本人じゃないか。

何でいつもこうなるんだろう。こっちまで泣きたくなる。

僕は涙が落ちないように、天井に垂れ下がる「〝ことりの家〟主宰読み聞かせボランティア」の垂れ幕を見上げた。

似つかわしくもなければ望んでもいないこの場所を訪れたきっかけは、僕の人生に何度も投げつけられた言葉だった。

「君、このままじゃまずいよ」

非行に走ってまでしたいことがないだけの僕を真面目だと勘違いしていた教師との面談で。

僕が未《いま》だに母親が買った服を着ていると知った同級生が修学旅行のバスの中で。

卒業まで一度も部誌に寄稿しなかった漫画研究部で。同じ言葉を何度も聞いた。

今言ったのは、大学の学生支援窓口のカウンターから首を伸ばす女性事務員だった。

ここには学生を支援する気など欠片《かけら》もないが、修士にも博士にもなれないまま学問に携わるにはここしかなかったという雰囲気の事務員が山ほどいる。

彼女はひとつに縛った黒髪を払い、僕が生協のコピー機で印刷したばかりの書類を見下ろした。

「穴水健《あなみずかける》くん、教職免許を取るためには二年生からの準備が肝心って散々言われたよね。ゼミの加入に必要なレポートも提出し忘れるってどういうつもり？」

「すみません、期限を間違えていて……」

「そんなの友だちに確認すればわかるでしょ。母校に教育実習の依頼もしてないのはどうして？」

僕が俯《うつむ》くと同時に眼鏡がずり落ちて、僕の代わりに謝っているようだった。

電話が苦手だからできませんでした。友だちがいないから聞けませんでした。なんて、言えるはずもない。

入学するまでは、大学に入れば変わるんだと思っていた。偶々《たまたま》同じクラスになっただけの他人との馴《な》れ合いがものを言う社会じゃなく、同じ勉学を志す者しかいない実力社会になる。そう思っていた。

実際は違った。

真面目に全部の授業に出るより、サボってもノートを借りられる友人を作った方がいい成績を収める。対人能力も実力のうちだと思い知らされた。

「怠け者なら友だちを作れ。友だちがいなければ怠けるな」と言ったのはサミュエル・ジョンソンだったか。

事務員は深く溜息《ためいき》を吐いた。

「せめて努力を見せてくれないと、こっちも助けようがないんだよね。本当に教師になりたいの？　親に『つぶしが利かない文学部に入るならせめて教員免許くらい取れ』って言われただけじゃない？」

認める訳にもいかず、僕は押し黙る。次にくる言葉は黙っていれば何とかしてもらえると思っているんだろうとか、きっとその類《たぐい》だ。

予想に反して、事務員は踵《きびす》を返すと、奥の棚の書類を漁《あさ》り始めた。

暫《しばら》くして戻ってきた彼女は一枚の紙をカウンターに叩《たた》きつけた。一目で素人が作ったとわかる、虹色《にじいろ》の明朝体《みんちょうたい》とフリー素材のイラストが躍るチラシだった。

「自死遺児支援団体・ことりの家：読み聞かせボランティアですか……」

書類の文面を読み上げた僕に彼女が首肯を返す。

「要は自殺で家族を失った子どもたちのケアをする会ね。ボランティアに参加してレポートを書いたら救済措置になるって話。そんな気持ちで臨んでほしくないけど、毎年君みたいな学生がいるから」

僕は渡されたチラシを握りしめ、窓口を後にした。


暗い構内を出ると、射貫《いぬ》くような陽光が襲いかかった。

都会の一角に建てられたキャンパスは目が痛くなるほど白く輝いている。講堂や食堂の小窓に切り取られた談笑する学生たちの姿が見えて、青春ものの漫画の一コマを見ているようだった。

窓に映る僕はワックスもつけていない黒髪と指紋のついた眼鏡、高校生の頃から着ているギンガムチェックのシャツ。度々未成年と間違えられるのも仕方ないと思った。

自分の変え方がわからない。

早めに次の講義の教室に入り、スマートフォンを開くと、珍しくトークアプリの通知が来ていた。落語研究部の集まりの報《しら》せだ。

人脈を作るためだと推されて入ったはいいが、結局新入生歓迎会以来顔を出してない。

部員は皆、飲み会しか頭にない馬鹿な学生とは違うんだという顔をして、ネットで調べればすぐに出てくる落語の知識をひけらかし合う、垢抜《あかぬ》けない人々だった。側《はた》から見れば僕も同じなのだろうと思い知らされ、自然と足が遠のいた。

僕に人前で落語を語る度胸はない。それに、僕が好きなのは落語の中では興味を持つひとが少ない怪談だけだった。

読み聞かせボランティアのことを考えると今から憂鬱《ゆううつ》だ。

僕はトークアプリを閉じて、動画サイトを開く。毎週土曜日に配信される怪談ラジオの切り抜きがアップロードされていた。参考になるかと思いつつ、動画を再生する。DJは勿体《もったい》ぶった口調ではなく、居酒屋で話しているような親しみやすい語り口だった。聞けば聞くほど僕には真似できないと思った。

関連動画のサムネイルを眺めていると、初めて目にするチャンネルがあった。「ごく普通の幸せな家族に襲い掛かる呪い」というタイトルの動画を開くと、合成の機械音声が流れ出す。

「これは閑静な住宅街で起こった、痛ましい無理心中事件の話です。ごく普通の幸せな家族の長女は何故両親を撲殺し、自ら炎に包まれたのか……」

機械独特の不自然な抑揚が禍々《まがまが》しさを増幅させた。表示された写真はぼかしてあるものの、全焼した家屋だとわかった。

真っ黒な骨組みが剝《む》き出しの家は焼死体を想像させる。

全身の毛穴に熱いものが詰まってキュッと絞まるような感覚。

ゾッとすると同時に、気持ちが高揚した。

割れた窓は唇が裂けて剝き出しの歯茎に、煤《すす》が混じった滴る水は爛《ただ》れた皮膚と膿《うみ》に。

黒い手が視界の隅から伸びて、僕の肩を叩いた。

僕の悲鳴が講堂に響き渡った。

目の前にいたのは、黒焦げの亡霊ではなく、よく日焼けした男子学生だった。

「ごめん。何度か声かけたんだけど、イヤホンしてたからさ」

僕は慌ててワイヤレスイヤホンを耳から外す。

彼は白い歯を見せて申し訳なさそうに笑った。髪を自然な茶色に染めて、両耳にふたつずつピアスを着けた、授業より飲み会に出た回数の方が多そうな学生だ。一目で僕に声をかける謂《いわ》れは全くない類の人間だとわかる。

「穴水くんだよね？」

「はい、ええっと、すみません……」

「敬語じゃなくていいよ。学年同じだから。ほら、一年の古典文学概説で一緒だったじゃん」

思い返そうとしたが、今時の若者らしい髪型と服装の人々は皆同じに見える。言えるはずもない。

僕は曖昧《あいまい》に頷《うなず》いた。

「はい……」

「穴水くん、読み聞かせボランティア行くんだよね？　さっき学生支援窓口で聞いてさ」

「それで……？」

「おれも行くんだよ。同じ学部で教職課程取ってる奴全然いなくてさ。穴水くんがいてマジで助かった」

彼は屈託なく笑って言った。

「おれ、教職ゼミの折内恵斗、よろしく」

折内は僕のスマートフォンに視線を下ろす。

「何見てんの？」

「いや、何でもないです」

僕は咄嗟《とっさ》に画面を覆い隠し、電源を落とした。

後ろめたいことを一度も考えたことがない人間特有の図々《ずうずう》しさは苦手だ。昼間からひとりで無理心中の現場を見ていたなんて想像もしないだろう。

僕は必死で頭を巡らせ、別の話題を探す。

「ボランティアって今度の日曜でしたよね？」

「うん、一緒に行こうぜ。おれ場所わかんねえ。穴水くんは？」

「僕も知らないです」

「じゃあ、一緒に迷うか」

折内は歯を見せる。何の曇りもない笑顔のはずだ。それなのに、窓から差す逆光のせいだろうか。

彼の背に黒く焦げたような影が覆いかぶさっている気がした。


自死遺児支援団体〝ことりの家〟の読み聞かせ会は、郊外の公営施設で開かれるらしい。

折内は駅で待ち合わせようと言ったが、路線が違うと嘘をついて現地集合にした。道中何を話せばいいかわからなかったからだ。

秋だというのに、幹線道路の両端は青々とした木々で満ちている。

店先で千円の鞄《かばん》や財布を売るスーパーマーケット、ぬいぐるみを積んだ車が並ぶファストフード店のドライブスルー、やたらと駐車場が広い家電量販店。

普通の人々の生活と人生が押し寄せてくるようだ。

僕はイヤホンを耳に押し込んだ。週末を楽しむ人々の声が遮断され、怪談のラジオが流れ出す。

怖い話は好きだ。最初から「普通」を求められないから。

罪のないひとが死のうと、悍《おぞ》ましいものに惹《ひ》かれようと、ホラーという名目があれば許される。

辿《たど》り着いたのは、巻貝のような形の三階建ての建物だった。

足を止めると同時に肩を叩《たた》かれた。驚いて振り返ると、折内が背後に立っていた。

僕は慌ててイヤホンを外す。

「すみません、気づかなくて……」

「いいよ、おれも今着いたとこだから」

折内は屈託なく笑う。

彼の背に隠れるように建物に入ると、微《かす》かな冷房の風が吐息のように吹きつけた。

読み聞かせ会が行われる貸し会議室は三階にあるらしい。

節電のためか、やたらと暗い階段を上り切ると、半開きの扉から男女の声が漏れてきた。

僕が尻込《しりご》みしている間に、折内は自分の家のように扉を押し開けた。

入り口で椅子を並べていた女性が顔を上げる。

トレーナーにジーンズを合わせた、二十代後半ほどの女性だった。緩く編んだ黒髪が簾《すだれ》のように垂れてどこか物憂げに見えた。

　折内が元気よく一礼する。

「失礼します、ボランティアで来ました！」

「おっ、元気だね」

　女性は髪を肩に払い除《の》けて笑う。先ほどの印象とはまるで違う、豪快な笑顔だった。

　彼女はパイプ椅子片手に声を上げた。

「巽《たつみ》さん、大学生の子たちが来たよ」

　巽と呼ばれた男性が、抱えていた絵本を机の隅に置いて振り返る。

　髪を真ん中で分け、真っ黒なタートルネックのセーターを纏《まと》った彼は、ラフな格好の女性とは対照的で神父のように見えた。

　ふたりの男女が僕たちに向かい合う。

「ことりの家を運営している、巽来児《らいじ》と申します。今回はご参加ありがとうございます」

「巽さん、硬いよ。学生さんが畏《かしこ》まっちゃうでしょ」

　女性が巽の肩を小突いた。

「同じく運営の暁山美鳥《ぎょうやまみどり》です。美鳥って呼んでね。最初は緊張するかもしれないけど、全然難しいことないから！」

折内が先に名乗り、僕もそれに続く。美鳥が満足げに頷くと、腕にかけたままのパイプ椅子が軋《きし》んだ。折内が素早く駆け寄った。

「おれやりますよ」

「いいのに、ありがとう」

美鳥は照れたように笑う。

「力仕事なら任せてください。頭は使えないけど身体は使えるんで」

「そんなこと言って有名大学でしょ？　プロフィール見たよ」

ふたりは談笑しながらパイプ椅子の山へ向かっていった。

早速置いて行かれたような、子どもじみた気分になる。巽は僕を気遣ってくれたのか、静かな声で笑いかけた。

「穴水くんには絵本を選ぶのを手伝ってもらえますか？」

「ああ、はい。どういうのが……」

「それが悩みどころです。ここには小学二年生から高校生の子まで来ますから」

「じゃあ、選ぶのが難しいですね」

「気丈に見えてもトラウマを抱えている子もいます。死や事故を連想させる物語は極力排除しているんですが……」

巽は含みありげに口角を上げた。

「とは言え、何よりの目的は同じ境遇の子との交流です。子どもでも普段の生活で身内に不幸があったことは打ち明けづらいですからね」

「貴重な場ですよね」

「はい。読み聞かせよりも後でみんなでお菓子を食べるのが楽しみという子も沢山いますよ」

パイプ椅子の間から美鳥が手を挙げる。

「私も終わった後の飲み会が楽しみ！」

巽は眉《まゆ》を下げて苦笑した。

「我々がこの調子なので穴水さんも気負わずに」

僕は曖昧に頷き、テーブルに積まれた児童書に視線を落とした。

本を選び終え、折り紙の飾りを窓に貼ったり、紙コップと皿を並べているうちに、休憩時間が訪れた。読み聞かせの会は午後二時からだ。

運営のふたりが買い出しのために去ると、折内が汗を拭《ぬぐ》いながら僕の方へやってきた。

「お疲れ、昼飯買いに行く？」

「うん……すみません、力仕事押し付けちゃって」

「おれずっと運動部だったたし、これくらい余裕だよ。そうだ、コンビニ行く前にちょっと寄っていい？」

折内はジーンズのポケットから煙草の箱を取り出し、指で弾《はじ》いた。

彼に誘われるがまま非常階段に出ると、冷たい風が吹きつけた。

落ち葉と茶色の水が溜《た》まった踊り場に、銀のスタンド式灰皿が置かれている。

折内は煙草に火をつけ、空の雲に吹きかけるように煙を吐いた。僕と同い年だから吸い始めて間もないはずなのに、ひどく慣れた仕草だった。

風が紫煙を運んで目に刺さる。眼鏡をずらして涙を拭《ふ》くと、折内が慌てて身を退いた。

「ごめん、煙草駄目なひとだった？」

「いや、大丈夫です。僕は吸わないけど父親は吸うから」

「本当？」

そう言いつつ、折内は煙を吐くたび律儀に顔を背ける。

僕は彼の手首に浮いた青筋を眺めつつ、手持ち無沙汰《ぶさた》で尋ねた。

「折内くんは何でボランティア参加しようと思ったんですか。やっぱり教職課程のため？」

「ああ、それもあるけど……」

折内は煙を払うようにかぶりを振った。

「高校のとき仲良かった子が自殺しちゃってさ。何て言うか、そうなる前におれにできることなかったのかなって、心にずっと引っかかってて。だからかな」

僕が黙り込んでいると、彼は大きく手を振って笑った。

「ごめんね、重い話しちゃって」

「いや……」

折内は僕の沈黙を気遣いと解釈したのだろう。本当は違った。一見何の悩みもなさそうな彼が、暗いものを秘めていたことに感じたのは劣等感だった。

辛《つら》い思いを抱えているのに明るく振る舞えて、自死遺児支援に相応《ふさわ》しい過去を持っているなんて、僕の立つ背がまるでない。

利己的で最低な感情だと自分でもわかって死にたくなった。

僕は何も言えず、折内が息と煙を吐く音だけを聞いていた。

煙草が短くなった頃、非常階段の上からガンガンと殴りつけるような足音が聞こえた。攻撃的な響きに怯《ひる》んだのは僕だけでないらしい。折内も怪訝《けげん》な表情で真上を仰いだ。

鉄板の隙間から汚れたスニーカーが覗《のぞ》く。一段一段蹴《け》りつけるように下りてきたのは、ひどく痩《や》せた、傷だらけの若い男だった。

けばだったマスクをつけ、骨折しているのか、ギプスをはめた右腕を白布で吊《つ》っている。色褪《いろあ》せたシャツから覗くもう片方の腕も生傷だらけだ。あの足音、脚も怪我しているのだろう。

病人のように色が白く、目の下のクマが濃い。男性にしては長い黒髪をひとつに纏《まと》めていた。

彼は僕たちが存在しないかのように目の前に陣取ると、取り出した煙草の箱をギプスに乗せ、一本取り出した。

男がマスクをずり下ろしたとき、僕は思わず息を呑《の》んだ。彼の左頬から口元にかけて、ケロイド状のひどい火傷痕《やけどあと》があったからだ。

僕は俯《うつむ》いて見ないふりをする。男は無言で煙草を咥《くわ》え、ライターを出した。何度もカチカチと音がする。風が強いせいで片手では火がつかないらしい。僕は折内が戻ろうと言ってくれるのを待った。

願いに反して、折内は男に歩み寄る。彼は火傷の男にライターを差し出した。細い火が煙草の先端に灯《とも》る。

「風強いっすね」

折内は衒《てら》いなく微笑んだ。男は啞然《あぜん》としてしばらく折内を眺めていたが、やがて根負けしたように会釈した。

男が煙草をふかすのを横目に、折内がようやく「行こうか」と言ってくれた。

僕が廊下に通じる扉を押したとき、背後から男が言った。

「おい」

掠《かす》れた低い声だった。無条件で身がすくむ。男は澱《よど》んだ目で僕たちを睨《にら》みつけた。

「読み聞かせ会だろ」

折内が困惑気味に頷《うなず》く。

「そうですけど……」

「あんまりあそこのガキどもと関わるなよ」

男はそう言い捨てると、背を向けて煙草を吸い出した。細い煙が、閉まった扉に遮られた。

コンビニで買ったサンドイッチを会議室で頬張りつつ、僕と折内はお互いに顔を見合わせた。

「あのひと、何だったんですかね」

「ヤバい奴だったら子どもに何かする前に美鳥さんたちに伝えないとな」

折内は意外なほど険しい表情をする。

ちょうど巽と美鳥が大きなペットボトルとスナック菓子を抱えて戻ってきた。

折内がすかさず荷物を代わりに持ちながら、先ほどの男のことを伝えると、美鳥は大きく溜息《ためいき》を吐いた。

「あいつまたやったの」

「よく来るんすか」

「ここの清掃スタッフ。ごめんね、変な奴だけど悪さはしないから気にしないで。会ったら締め上げておくから」

彼女は快活に両の拳《こぶし》を握ってみせた。

廊下の向こうからパタパタと軽い足音がたくさん聞こえた。勢いよく扉が開くと、小学生くらいの子どもたちが一斉に雪崩れ込んできた。

「みどりさん、たつみさん、こんにちは!」

ふたりが笑顔で子どもたちを出迎える。肌寒いというのに半袖《はんそで》の少年が僕と折内を指さした。

「知らないひとがいる!」

巽が諫《いさ》めるような苦笑を浮かべる。

「今日からお手伝いに来てくれることになったんですよ。ちゃんと挨拶《あいさつ》しないと」

僕は努めて笑顔を浮かべたが上手《うま》くできたかはわからなかった。折内は屈《かが》んで彼らと視線を合わせる。

「おれは恵斗。大学二年生。よろしくね」

半袖の少年が舌を出す。

「大学生ってジジイじゃん」

「そういう悪いこと言う奴は……こうだ！」

　折内は両腕で少年を高く抱き上げた。少年は身を捩《よじ》ってもがいたが、顔中に笑顔が滲《にじ》み出ていた。他の子どもたちも折内に群がる。

　僕の周りには透明な膜があるように誰も寄り付かない。僕は遠巻きに眺めつつ、折内が子どもの相手を一手に引き受けてくれたことに安堵《あんど》した。

　部屋中が騒がしくなり、美鳥に抱きつく少女や、挨拶もそこそこに机上の絵本を物色する少年でごった返した。皆、どこにでもいる元気な子どもたちで、近しい人々の死を経験しているようには見えない。

　そのとき、ぎぃと陰鬱《いんうつ》な音を立てて扉が開いた。部屋の空気が急に冷たくなった気がした。

　現れたのは紺のブレザーを着た少女だった。高校生だろうか。真っ黒な髪をだらりと伸ばし、視線を避けるように俯いている。

　先に来た子たちよりずっと年上で、彼らと同種の明るさは微塵《みじん》もない。僕が同じ高校にいたら、自分にも話しかけやすいと判断しただろうと思った。

　子どもたちも少女に対しては気後れするのか、あからさまに目を背けた。美鳥は入り口に立ったままの少女に微笑みかける。

「来てくれてありがとうね。もうすぐ始まるから座って」

少女は細い声で答え、一番隅の椅子に腰を下ろした。

巽は澱んだ空気を切り替えるように手を叩《たた》いた。

「皆揃ったことだし、始めましょうか」

折内の背にぶら下がっていた少年が素早く駆けつけ、絵本を取り上げる。

「こんなの読むの？　つまんねー」

彼は机に身を乗り出した。

「怖い話がいい！」

美鳥が眉《まゆ》を下げた。

「もう、怖い話は読み聞かせが終わってからでいいでしょ」

子どもたちが一斉に騒ぎ出す。

「いいじゃん、前はトイレの花子さんの話読んでくれたよね」

「もう学級文庫のやつは全部読んじゃったもん」

「お願い。クラスのみんなに新しい話するって言っちゃったの」

僕は巽の言葉を思い出した。

死を連想させる物語を避けるスタッフに反して、彼らの中では怪談が流行《はや》っているようだ。

僕の胸の底が小さくざわめいた。

半袖の少年が折内の腕を引く。

「ねえ、怖い話好き？」

「おれ？　おれはあんまり……」

「怖いんだ？」

折内は頬を引き攣《つ》らせた。意外な弱点だ。少年はひとしきり彼を揶揄《からか》った後、僕に視線を向けた。

「そっちは？」

何の遠慮もないふたつの瞳《ひとみ》が僕を見上げる。僕は唾《つば》を飲み込んで言った。

「……好きだよ」

子どもたちが歓声を上げた。

「聞きたい、聞きたい！」

「何か喋《しゃべ》ってよ」

僕の周りに少年少女が押し寄せる。言ったことを後悔しかけたが、これは好機だ。折内に任せきりで終わるよりずっといい。

僕は頭を高速で回転させる。子どもでもわかりやすく、適度に怖がってもらえる話はあるだろうか。

僕は乾いた唇を舐《な》め、言った。

「じゃあ……とあるホテルで起こった話です」

子どもたちが期待の眼差《まなざ》しを向ける。先程の喧騒《けんそう》が嘘のように静まり返っていた。

僕は勿体《もったい》を付けた抑揚で語り出す。

あるホテルに泊まった男が、真夜中ノックの音で目を覚ます。ドアスコープを覗《のぞ》くが誰もいない。空耳かと思って眠りにつくと再び音がする。不気味に思いながら一夜を過ごす。そんな怪談だ。

いつかの深夜番組で聞いた話だが、バレないだろう。

子どもたちは耳を半分塞《ふさ》ぎ、所々で悲鳴を上げた。巽と美鳥も真剣に聞いてくれている。折内だけは青い顔で彼らの輪から離れていた。本当に怪談が苦手なのだろう。

僕は優越感を覚えながら、ゆっくりとオチを語る。

「後からわかったことですが、このホテルでは昔火事があり、閉じ込められて亡くなった方が夜通しドアを叩き続けていたそうです。つまり、彼は一晩中幽霊のいる部屋で……」

耳をつん裂くような悲鳴が僕の声を掻《か》き消した。

部屋中に響き渡るサイレンのようだった。子どもが遊び半分で上げる声じゃない。殺されかけているような悲鳴だった。

僕は呆然《ぼうぜん》と部屋を見回す。子どもたちの視線が一点に注がれていた。隅の席に座る女子高生だ。

彼女は伸び放題の髪を掻き毟《むし》り、眼球が飛び出しそうなほど目を剝《む》いて叫び続けていた。

怪談を真剣に怖がるような年でもない。それを差し引いても、怯《おび》え方が異常だった。

離れた場所にいた折内が彼女へと一歩踏み出す。

「籠原の……」

折内の声に少女が弾《はじ》かれたように顔を上げた。彼女は恥辱に全身を震わせ、椅子を蹴《け》り飛ばして駆け出した。

「朝香ちゃん！」

美鳥が慌てて追いかける。部屋は息が詰まりそうな沈黙で満ちた。

僕は冷え切った空気の中心に立ち尽くした。

罪悪感と疎外感が一度に押し寄せる。またやってしまった。

廊下から響く、少女の甲高い泣き声に耳を塞ぎたくなる。そんなことをしてもやってしまったことは消えないし、逃げたら余計に責められるだけだとわかっているのに。

天井から垂れ下がる「〝ことりの家〟主宰読み聞かせボランティア」の垂れ幕が小刻みに震えていた。

僕は無意識に子どもたちを押し退け、会議室の外へと向かっていた。

暗い廊下を進み、非常階段に出ると、冷えた刃《やいば》のような風が全身に吹きつけた。

何でいつもこうなるんだろう。僕はそんなに悪いことをしただろうか。ただひとつ自分にできる特技とも呼べないようなこと、怪談を求められて応《こた》えただけだ。

確かにここで行うには不適切だったかもしれない。でも、求めたのはその子どもたち本人じゃないか。

冷え切った灰皿にもたれて蹲《うずくま》ったとき、ガラス扉が開いた。

巽と最前列で僕の話を聞いていた二つ結びの少女が、気遣わしげに僕を見つめていた。僕は顔を拭《ぬぐ》って表情を繕う。

「すみません……」

二つ結びの少女が僕の肩に触れた。

「お話面白かったよ」

幼い子どもにまで気を遣われていることにまた情けなくなった。

巽は聖職者じみた笑みを浮かべて僕の隣に座る。

「こちらこそ申し訳ない。私の配慮が足りませんでしたね。彼女はご家族を火事で亡くしているんです。お姉さんの放火の末の無理心中だったとか」

僕は息を吞《の》んだ。この前見た動画が脳裏に蘇《よみがえ》った。焼死体のような無残な家。まさか、あれが彼女の家だろうか。

僕は唇を震わせた。

「ごめんなさい。僕、いつもこうなんです。言うべきことは言えないのに、ろくでもないことばっかり言って、他人を傷つけて……」

巽は静かに何度も頷《うなず》く。二つ結びの少女が僕の袖《そで》を引いた。

「じゃあ、おまじない教えてあげよっか」

「おまじない？」

「上手く喋れるようになるおまじない。わたしもやってるの」

困惑する僕に、巽が囁《ささや》く。

「学校で流行っているそうです。大人として勧めるのは憚《はばか》られますが、気持ちを切り替えるために必要かもしれませんね」

少女の瞳に僕の顔が反射する。巽の言う通り、こんなのは子ども騙《だま》しだ。

「……教えてくれる？」

それでも、僕は趣味の怪談すらも上手に喋れない自分を変えたかった。

おまじないの工程は子どもが教えてくれたとは思えないほど手が込んでいた。

まずペンと紙を用意する。ペンは何でもいいが、後で線を引くから、紙は罫線《けいせん》ノートが適しているらしい。紙の中央に黒い楕円《だえん》を描き、その上から何重もの線を引く。

僕は小学生の頃から使っている学習机で、指の付け根を真っ黒にしながら筆を走らせた。

自分でも馬鹿げているとは思う。霊的な効果があると思っている訳じゃない。オカルトを楽しむのと信じるのは別だ。

科学的に解釈するなら、この行為自体が写経のように心を落ち着ける効果があるのだろう。今はそれで充分だ。

線を引き終えたら、周りを囲うように文を書く。

少女曰《いわ》く、「本当はもっと長くて難しいけれど真剣におまじないをすれば大丈夫」らしい。如何《いか》にも子どもに流行《はや》りそうな適当さと真面目さが混在したやり方だ。

僕はスマートフォンを開き、少女が見せてくれた紙を撮影したものを出す。

「読みからおはりや、書く遊ばせたまえ、降りおりて、語りかたりましませ」

判読は難しいが、おそらくそう書いてある。

僕は首を捻《ひね》った。

小学生のおまじないとは思えない。まるで神主が地鎮祭で奏上する祝詞《のりと》のようだ。

「読む」と「書く」はおまじないのやり方を表しているのだろう。きっと本来なら「遊ばせ」は遊びではなく神への敬意を表す「あそばせ」だ。

荘厳な響きに、こんなに気軽にやっていいのかと疑問が湧き起こる。

僕はスマートフォンにおまじないの言葉を打ち込んだ。いくつか検索にヒットしたが、星占いやキューピッド様のような遊戯と一緒に安易なおまじないとして紹介されているだけだ。

別段危険性はないように見える。

僕は筆を置き、何を真剣になっているんだと自嘲《じちょう》した。後は今書いた文をそのまま唱え、紙を枕の下に入れて眠るだけ。

いざ口にしようと思うと、誰かに見られている訳でもないのに気恥ずかしくなる。

気持ちの切り替え、ただのルーティンだ。

僕はそう言い聞かせて唇を開いた。

「読みからおはりや、書く遊ばせたまえ、降りおりて、語りかたりましませ」

脳の芯《しん》が何かに殴られたように揺れた感覚が響いた。

その夜、夢を見た。

僕は歯科検診のように顎《あご》を持ち上げられ、頰を摑《つか》まれる。

上を向いて大きく口を開けた僕の両唇を、乾いた手が更に開けろと上下に揺する。

唇がひび割れ、顎の筋肉が引き攣《つ》る。土塊《つちくれ》のように乾燥した指が口腔《こうこう》を弄《いじ》り、唾液《だえき》が脇から滴った。

痛みはないが、ぷちぷちと両の頰の筋が裂ける嫌な音がする。

僕は顔を左右に振って拒むが、乾いた手の力が強く、離れない。

嫌だと思う間もなく、十本の指が喉《のど》へと押し入った。気道と食道を塞がれる。えずいて迫《せ》り上がった胃液が指に阻まれて逆流した。息が喉の奥で詰まって声も出ない。涙と唾液と鼻水で曇った視界に黒い靄《もや》が映った。

指はどんどん奥へと押し入ったかと思うと、急に捻《ねじ》れて上を目指した。頸椎《けいつい》をまさぐられる感触。有り得るはずがないのに、指は肉を押し広げて、頭蓋《ずがい》を貫通し、脳に直接滑り込んでくる。

やめてくれと叫ぶこともできない。乾燥した指が脳漿《のうしょう》を吸って膨れながら、柔らかい脳をかき混ぜた。

頭蓋骨の内側をざらりとなぞられる感触が走った。次の瞬間、脳の奥で黒い花弁が開き、炸裂《さくれつ》した。

僕は叫びながらベッドの上で飛び起きた。

汗で湿ったシーツが絡みつき、悪夢の中の感触を蘇らせる。

最悪な夢だった。不気味なおまじないをしたからだろうか。喉を摩《さす》ると、まだ乾いた指が詰まっているような違和感を覚える。

僕はふらつきながら洗面所へ向かった。

蛇口を捻って、冷水で顔を洗い、喉の違和感がなくなるまでうがいをする。

びしょ濡《ぬ》れの顔を上げ、思わず飛び退いた。

鏡に映っているのは、僕自身だ。幽霊が映り込んだ訳でもない。それなのに、何故か恐ろしかった。

これは本当に僕の顔だろうか。

僕から目を背けつつ、ゆっくりと額から顎までなぞる。目蓋《まぶた》の肉、短い睫《まつげ》毛、鼻の骨の凹凸、頬骨の硬さ。唇に触れると、乾燥で裂けた部分が指先に引っかかって鈍い痛みを覚えた。紛れもなく僕の顔だ。

腕を上げると、鏡の中の僕も同じ動作をする。それが何故か不気味だった。

僕はなるべく鏡面を見ないように髭《ひげ》を剃《そ》り、髪を梳《と》かして、眼鏡をかけた。

電車に乗っている間もあの夢がちらついて落ち着かなかった。窓ガラスに反射する自分が怖い。

おまじないの効果なんてあったもんじゃない。毒つきたくなるのを何とか堪《こら》えた。きっと、悪夢を見たのは昨日のボランティアで嫌な思いをしたからだ。自分で思う以上にストレスがかかっていた。

冷静になると、昨日挨拶《あいさつ》もそこそこに読み聞かせ会から逃げ帰ったことを思い出した。運営のふたりはどう思っただろう。折内だってそうだ。でも、単位のためには途中で辞めることもできない。

向き合わなければと思うほど逃げ出したくなる。こういうときは座席の前に立つ人々の脚も、地下鉄のホームの柱も、自分を現実に閉じ込める檻《おり》に見える。

僕は憂鬱《ゆううつ》な思いで大学に向かった。

講堂に入るなり、前から二番目の席に折内の姿を見つけた。同じ授業を選択していたことすら知らなかった。会いたくないと思うほど引き寄せられるものだ。

僕は咄嗟《とっさ》に顔を背け、目を瞑《つぶ》る。そんなことをしても世界が消えてくれる訳ではないとわかっているのに。

気づかなかったふりをして奥の席に座り、やり過ごしてしまおうと思った。いつもの僕ならそうしている。

だが、僕は目を開いて顔を上げ、真っ直ぐに折内の方へ進んでいた。

自分の身体が自分じゃなくなったみたいだ。

スマートフォンをいじっていた折内が僕に気づいて視線を上げる。彼は一瞬気まずそうな顔をしたが、すぐに笑顔を繕った。

「穴水くん、お疲れ。昨日大変だったな」

「折内くんこそ大変だったでしょ。いろいろ押し付けちゃってごめん」

一瞬誰が言ったのかわからなかった。僕は呆然《ぼうぜん》と自分の唇の動きを確かめる。

考えるより早く言葉が堰《せき》を切って口から溢《あふ》れた。

「僕のせいで迷惑かけちゃったのに、ちゃんと責任を取らずに逃げて申し訳なかった。次のボランティアでちゃんと謝ってやり直したいんだ。烏滸《おこ》がましいとは思うけど、折内くんさえよければまた一緒に行ってくれないかな」

僕は自分が信じられなかった。こんな風に相手の目を見て正面から謝罪するなんてできた例《ため》しがない。一体どうしてしまったんだろう。

折内は目を丸くし、満面の笑みを浮かべた。

「全然いいよ！　いや、よかったわ。穴水くん凹《へこ》んでるのかと思って正直話しかけ辛《づら》かったからさ」

「みんなに迷惑かけてあの子も傷つけたのに僕が落ち込むなんて筋違いだよ」

「そっか。何ていうか、穴水くんすげえ大人だね」

彼は僕を見上げて頷《うなず》いた。対等な相手を認めた仕草だと思った。心の内に喜びが湧き上がる。

「穴水くん、次回の作戦会議しようぜ」

「作戦会議って何？」

「ちゃんと謝って受け入れてもらうための作戦だよ。とりあえず隣座れって」

折内の砕けた口調に笑みが漏れる。僕は促されるままに隣に腰を下ろそうとした。木製の椅子にただ腰を下ろすだけなのに、目測を誤って僕は危うくずり落ちかけた。

折内が肩を小突く。

「おい、大丈夫かよ」

内心羞恥《しゅうち》と劣等感で顔が赤くなりそうだったが、ごく自然に照れ笑いを浮かべることができた。

「大丈夫、ちょっと滑っただけ」

「お爺《じい》ちゃんかよ」

「眼鏡の度があってないんだって！　こういうことたまにあるんだよ」

「眼鏡買い替えろよ！」

折内は声を上げて笑う。僕もつられて笑った。

本当は眼鏡の度は合っているし、こんなことが頻繁にある訳でもない。

僕は眼鏡を外して、シャツの裾《すそ》でレンズを拭《ふ》きながら言った。

「そういえば、名字じゃなくて健でいいよ。同い年だし」

「おう、おれのことも恵斗でいいから」

ごく自然な会話だ。ずっとやりたかったことだ。

僕は眼鏡のツルを握りしめる。これはきっとおまじないのお陰だ。

おまじないの効果は絶大だった。

科学的に考えるなら、毎晩のルーティンと自分を変えようという意識が潜在的に働いて、行動に影響を及ぼしているんだろう。だが、心のどこかで現実離れしたものを感じてしまう。

授業のグループワークでは押し付けられたリーダー役を難なくこなして、教授から太鼓判を押された。ゼミの発表の帰りに夕飯に誘われ、同じ学科の女子からレポートの手伝いを頼まれたときも、嫌味にならないようアドバイスできた。

まるで魔法だ。

優秀な運転手に身体の操作を預けて、自分は助手席でふん反り返っているだけでいい。そんな風に思えてしまう。

憂鬱だったボランティアも待ち遠しくなった。早く変わった自分を見せたいと思った。

自死遺児支援団体〝ことりの家〟の読み聞かせ会場に着くと、奥から静かな話し声が聞こえた。

主宰のふたりと長い黒髪の少女が向き合っている。前回僕が怪談を披露したとき絶叫した、火事で家族を亡くしたという少女だ。

折内がすっかり気安くなった仕草で僕の肩を叩《たた》く。

「健、頑張れよ」

僕は力強く頷き、扉を押した。

「失礼します！」

僕の声に巽と美鳥がこちらを向く。少女も俯《うつむ》きがちに顔を上げた。彼女の顔が恐怖や忌避で塗り潰《つぶ》される前に、僕は素早く歩み寄った。

「この間はごめん！」

少女は困惑気味に目を瞬《しばた》かせる。僕は高校生相手にはやりすぎなほど深く身を折って言った。

「軽率にあんな話をして配慮が足りなかったと思ってる。嫌な思いをさせて本当にごめん。傷つけるつもりはなかった。皆に楽しんでほしかっただけなんだ。無理強いはしないけど、よかったら、今日も参加してほしい」

少女は暫《しばら》く視線を泳がせた。驚いてはいるが嫌がっている様子はない。やがて、彼女は痙攣《けいれん》するように頷いた。

「こっちこそ、ごめんなさい……よろしくお願いします……」

僕は安堵《あんど》の溜息《ためいき》を吐く。

後ろからやってきた折内がよくやったと背中を叩いた。巽は静かに微笑んでいた。

美鳥が八重歯を見せるように口角を上げる。

「かっこいいじゃん」

子どもたちが次々と部屋に入ってきた。

今日も半袖《はんそで》のＴシャツを着た少年が僕の太腿《ふともも》に縋《すが》りつく。

「怖い話は？　今日もする？」

皆、期待と不安の入り交じった目を向けた。子どもたちの向こうで例の少女が小さく頷く。僕は大人らしく鷹揚《おうよう》に答えた。

「していいならするよ」

「やった！」

僕は車座に並んだ子どもたちに怪談を披露した。

今度は題材を注意深く選び、図書室の本棚に紛れ込む呪いの本や、深夜の理科室で動く人体模型など、当たり障りのないものを語った。

子どもたちは身を乗り出して耳を傾け、逐一悲鳴や歓声を上げた。

折内は怪談には参加しなかったが、少年向けの冒険譚《たん》の絵本をアレンジを加えて読み聞かせた。

前回の失敗を塗り替える、大成功だった。

子どもたちは和気《わき》藹々《あいあい》とお菓子とジュースに群がる。僕たちは汚れたテーブルや彼らの口を拭きながら談笑に参加した。

ふと、弛《たる》んだ紐《ひも》をぴんと張ったように、和やかな空気がひりついたのがわかった。

視線を感じる。窓の外を見ると、非常階段に人影があった。折り紙の紅葉やイチョウを貼ったガラスの向こうから、白いマスクの男がこちらを睨《にら》んでいる。痩《や》せぎすで腕にギプスを嵌《は》めた鋭い目つきのあの男だ。

子どもたちも異変に気づいてざわめき始めた。

折内は自分の背に隠れる少女を宥《なだ》めながら、横目で僕を見た。

「前喫煙所にいたひとだよな」

「注意してくるよ」

僕は折内が止めるのも聞かず、颯爽《さっそう》と部屋を出た。

非常階段の扉を開けると、温かな部屋の名残りを払い除《の》けるように冷たい風が絡みついた。

マスクの男が僕に気づいた。以前なら怯《ひる》んだが、今は違う。

僕は胸を張って息を吸った。

「あの、子どもたちが怯《おび》えてるのでやめてもらえますか。用があるなら直接言ってください」

男は澱《よど》んだ瞳《ひとみ》で僕を眺めた。遠慮のない視線に檻《おり》に閉じ込められた実験動物のような気分になる。

男はマスクを下ろし、生々しい火傷痕《やけどあと》を見せつけた。

「ろくでもないことしやがって」

僕は意味がわからず聞き返す。男は再びマスクを上げると、踵《きびす》を返して去っていった。

後には、違和感と煙草の匂いだけが残った。男の無遠慮な視線が蘇《よみがえ》る。少し前の自分なら、他人にどう思われようが気にしない素振りを羨《うらや》ましく思っただろう。だが、今の僕にそんな必要はない。

以降は何事もなく、読み聞かせ会は無事に終わった。それで充分だ。

僕と折内は運営のふたりに誘われて、歓迎と打ち上げを兼ねた飲み会に向かった。今までの僕ならレポートがあるとか理由をつけて断っていただろう。

汚れた藍色《あいいろ》の暖簾《のれん》をくぐって居酒屋に入ると、酔客の汗と熱気で温くなった空気と、騒がしい笑い声が押し寄せた。

僕と折内は奥の席に通され、椅子の木材の感触が痛いほど伝わる薄い座布団に腰を下ろす。向かいの美鳥が生ビールを四つ頼み、巽が苦笑した。

「美鳥さん、皆の希望を聞かないと。若い子に嫌われますよ」

「すぐそういうこと言うんだから。私と一歳しか変わらないくせに！」

すぐに結露したジョッキが運ばれてきた。乾杯を終えて、僕は苦い酒を一気に煽《あお》る。後頭部を殴られたような振動が響き、隣のサラリーマンの笑い声が頭蓋《ずがい》の奥で膨れ上がった。

店内の赤いライトとポスターが歪《ゆが》む。ビール瓶を掲げる昭和のアイドルの笑顔が化け物のように見えた。

美鳥は空にしたジョッキの底でテーブルを叩いた。

「いやー、みんな本当にありがとうね！　読み聞かせで子どもたちに楽しんでもらって、その後の飲み会で私たちが楽しむ。私はこの瞬間のために生きてるの。ね、巽さん？」

「一緒にしないでください」

巽は苦笑いを浮かべて煙草の箱を取り出した。折内がすかさず灰皿を押しやる。美鳥が豪快に笑った。

「気が利くね。居酒屋のバイトとかしたことあるの？」

「ちょっと前までやってました。今は塾講師やってます」

「じゃあ、忙しいでしょ。私たちと遊んでて大丈夫？」

「大丈夫です。おれこういう場所好きなんで」

美鳥は何度も頷《うなず》き、僕の方を見た。

「穴水くんも来てくれてありがとうね。真面目そうだったから飲み会とか嫌がるかと思ってたよ」

「そんなことないですよ。最初はちょっと緊張しましたけど」

「本当？　こんなおばさんと呑《の》んでも楽しくないんじゃない？」

僕は大げさに手を振ってみせた。

「まだお若いし美人じゃないですか。いつでも誘ってください」

「やだ、本気にしちゃうよ」

美鳥が赤い頰に手を当てる。折内は笑いながら僕の肩を組んだ。

「健は意外とノリいいすよ。な？」

酔いで頭が回らないが、ちゃんと言葉を返せている。

この年になって真面目は決して褒め言葉じゃないとわかっていた。真剣に考えて何も言えないよりは、適当に相手が喜ぶ言葉を作業のように返すだけでいい。譜面に合わせてボタンを押すリズムゲームと一緒だ。

折内は巽と一緒に煙草を燻《くゆ》らせて言った。

「おふたりは何でこのボランティア始めたとか、聞いてもいいっすか」

巽は少しも酔った様子を見せずに微笑んだ。

「暗い話で恐縮ですが、私も弟を自殺で亡くしたんです。大きな怪我をして、後遺症に悩んで、まだ小学生だったのに自ら命を絶ちました。同じ境遇の子を救えたらと思ったんです」

「私も似たような感じかな。叔母《おば》さんが夫婦揃って心中しちゃって、うちで従兄弟《いとこ》を引き取って暮らしてたの」

美鳥は二杯目のジョッキに声を反響させながら続ける。

「そいつがもう暗いし、性格悪いし、可愛くなくってねえ。意地になって笑わせてやるぞと思って躍起になって、気づいたらこんな感じ」

「大変だったんすね……」

折内は煙草を揉《も》み消すと目を伏せた。僕は明るい声を繕って空気を変える。

「おふたりとも普段はどんな仕事してるんですか？」

巽が煙を吐いた。

「私はＷｅｂサイトのデザイナーのようなものです。ホームページの制作や管理もやっていますよ」

「美鳥さんは？」

「私はねえ、霊媒師！」

「冗談ですよね？　呑みすぎですよ」

僕が噴き出すと、美鳥は油でベタついたメニューを掲げながらニヤリと笑った。

「霊媒師、か……」

僕は講堂に反射するプロジェクターの薄明かりを眺めながら呟《つぶや》いた。

以前なら、酔っ払った美鳥の言葉を本気にして、前のめりで仕事や幽霊話を聞こうとしただろう。幸い、昨夜の僕は「だいぶ酔ってますね」と受け流し、店員に酔い覚ましの水を頼むことまでできた。

そういえば、おまじないを始めてから怪談のラジオを聞いていない。幽霊話への興味も前より薄くなった気がする。来週までに子ども向けのものを仕入れなければと思った。

とにかく、僕はまともになれていると確信した。

今だって先々週までは後ろの席でスマートフォンを弄《いじ》りながら聞いていた児童精神医学の授業を、最前列で受けている。隣には同じ教職課程のゼミ生なのに一度も話したことがなかった男女がいる。

左隣の大鹿《おおしか》が僕の脇腹をボールペンの先で突《つつ》いた。

「穴水くん。さっきの先生の話、教科書のどこに載ってる？」

真っ直ぐに揃えた前髪の下から丸い目が僕を見上げる。名前に反して、小柄でいつもワンピースを着ている大人しい女子だ。

僕は自然な動作で彼女に身を寄せて、クリアファイルから資料を取り出す。自分の体臭が不安になったり、大鹿の顔に拒絶の色を探して怯えることもなくなった。

「教科書じゃなくて前回のレジュメの方だね。十九世紀英国の育児に関する部分」

れてたって話」

「このコラムだよ。産業革命期の英国では夜泣きにはアヘンとモルヒネが効くと思わ
「さすが。ありがとう」

大鹿はえくぼを浮かべて微笑む。

「プリントどこかやっちゃったかも。後でコピー取らせて」

「この前も失くしてなかった？」

「お願い！　コーヒー奢《おご》るから」

僕は眉《まゆ》を吊《つ》り上げて見せる。

いつの間にか嫌われることを恐れずに軽口を叩《たた》けるようになった。

もちろんです、話しかけてくれてありがとうございますと下僕のように身を竦《すく》めていたときよりずっと横柄なのに、前よりずっと上手《うま》くいく。

大鹿が僕に頭を擦り付けるように資料を覗《のぞ》き込んだので、近いよと仰《の》け反る。右隣の小島《こじま》が「お前らいちゃつくなよ」と苦笑した。

僕は咳払《せきばら》いして姿勢を正した。

モザイク画のように粗い映像が映し出されるスクリーンを前に、准教授が言った。

「ここで一度脱線して、現代の子どもを取り巻く環境について考えますけど。今はS

ＮＳでも簡単に麻薬を取引できる時代になって、信じられない話で、未成年も友だち欲しさに買ったりする訳です。君たちの未来の生徒を守るために、頭に入れておいてほしい話があります」

准教授は「これは反論も多くて信憑性《しんぴょうせい》は疑問があるけど、一例としてね」と前置きし、白髪混じりの頭を掻《か》く。

「七〇年代にサイモン・フレイザー大学のブルース・アレクサンダー博士が麻薬の依存性と常用者を取り巻く環境の相関を調べた、ラットパーク実験というものがあります」

スクリーンに檻《おり》に入れられたネズミの写真が映る。

「仲間と交流できるラットに適した環境に置かれた楽園ネズミと、檻の中で孤立させた植民地ネズミを用意する。それぞれにただの水とモルヒネ入りの砂糖水を置いておくと、植民地ネズミはモルヒネを選ぶのに対して、楽園ネズミは普通の水を選ぶんですね」

僕はペンを動かしつつ、大鹿の横顔を盗み見た。青白い光が輪郭を縁取り、真剣にネズミを憐《あわ》れむ眼差《まなざ》しを輝かせた。

「面白いことに、植民地ネズミをラットに適した環境に移すと、モルヒネに興味を示さなくなり、仲間との交流やただの水を選ぶようになるんです。楽園ネズミがモルヒネを選ぶ確率は植民地ネズミの二十分の一です」

准教授はプロジェクターの電源を切り、暗くした講堂の明かりをつけた。

「何が言いたいかというと、麻薬への依存症には孤立やストレスが関係しているかもしれないので、充分に子どもを見守ってあげることが大切という訳ですね」

隣の小島が「本当かよ」と呟いたが、僕には納得できた。

おまじないを始めてから、僕は怪談を聞かなくなった。最初から「普通」を求められない、家が燃えても、罪のないひとが死んでも楽しんでいい世界を求めなくなった。怖い話は僕にとってモルヒネと同じだったのだろう。周りにひとがいて、居心地のいい場所がある今は必要ない。僕は植民地ネズミから楽園ネズミに変わったのだ。

僅《わず》かに肩を揺らして笑う大鹿の肌と産毛が明かりに透けて、真っ白なラットを想像させた。

授業が終わり、僕は立ち上がる。

示し合わせたように大鹿と小島も腰を上げた。

「健は昼飯どうする？」

「ふたりは？」

「私は学食行こうかな。今日はパスタ割引の日だし」

「じゃあ、そうしようか」

当然のように僕たちは並んで教室を後にする。振り返ってくれない二人組の後ろを距離を取りつつ歩くことはもうない。

ふと、背後でビニール製のもので床を叩くぺたんという音がした。振り返ると、僕がリュックサックにつけていた定期券入れが落ちていた。

ふたりに「ちょっと待って」と声をかけて元来た道を戻る。

拾おうと手を伸ばした瞬間、床から滲《にじ》み出た黒いものが、指の隙間を埋め尽くすように僕に絡みついた。黒い指だ。燃え尽きて炭化したような指が僕の手を握る。ボロリと乾燥した炭が剝《は》がれ落ちて、手の甲を打った。

僕は悲鳴をあげて飛び退く。

見開いた目に点々と散らばる黒い跡が映った。煤《すす》をつけた裸足《はだし》で歩いたような足跡が講堂から続いている。煤の道は僕の踵《かかと》に収束していた。

何だこれは。

僕は慌てて靴底を見る。昨日洗ったばかりのスニーカーは汚れひとつない。

大鹿と小島が寄ってきて不思議そうに僕を眺める。

「どうしたの？」

「いや、その、靴に何かついてて……」

僕は震える声で答え、廊下を指したが、黒い足跡は消えていた。リノリウムの床には微《かす》かな傷と、いつかの雨の日の汚れた靴跡が残るだけだ。

小島が歯を見せる。

「犬のうんこ踏んだ？」

「やだ、汚い」

大鹿が笑って小島を小突く。僕も引き攣《つ》る頬で無理やり笑みを作った。

脳裏におまじないを始めた夜の悪夢が蘇《よみがえ》る。黒い指が僕の口をこじ開けて中に入ってくる夢を。

僕はかぶりを振って、考えを押し退けた。

ただの見間違いだ。昨日慣れない酒を飲んだからまだ頭がぼやけているんだ。おまじないを始めてからいいことばかりじゃないか。あれは霊的なものなんて何もない、気持ちを切り替えるためのルーティンだ。

人生が少し前向きになるだけの小さな支えだ。

僕は三人で並んで歩きながら自分に言い聞かせた。

昼食を食べ終えて、小島がサークルの集金のために去っても、まだ気持ちがざわついていた。

大鹿は空になったナポリタンの皿を隅に押しやり、僕にスマートフォンを見せる。

「今週末から神田《かんだ》で古本市があるんだって」

僕は平静を装って答える。

「大鹿さんそういうの好きだったよね」

「うん。三年から卒論の演習が始まるから泉鏡花の全集が欲しいんだ。穴水くんはもう題材決まった？」

「まだ迷ってるけど僕は雨月物語かな」

「よかったら、明日の三限の後一緒に行かない？」

大鹿は上目遣いで僕を見上げた。

まんまるの瞳《ひとみ》に映る僕はごく自然な笑みを浮かべることができていた。

「いいね。その後時間あったらお茶でもどう？」

「嬉《うれ》しい。私紅茶好きなの」

「じゃあ、美味《おい》しいところ探しておくね」

僕は頷《うなず》き、怪しく思われないように視線を上げた。

床を視界に入れるのが怖かった。

大鹿は気づいていないようだが、僕が辿《たど》ってきた道には依然黒い煤が残っていた。

午後の授業を終え、電車に乗り、家に帰るまでの間も、足元を見下ろすと煤がついていた。

最寄駅に降りて、僕は無意識に足を速める。黒い足跡は獲物を付け狙う狼のように僕から離れない。

アスファルトを踏むたび、地面にじわりと煤が滲む。

僕は帰路を急ぐ会社員と遊び場に向かう学生を掻き分けながら走り出した。周囲から好奇の目が突き刺さる。今まで何度も受けた、未《いま》だに慣れない視線だ。ほんの少し晒《さら》されただけでも心臓が引き裂かれるようだった。

信号が青に変わり、横断歩道に踏み出した瞬間、どんと誰かにぶつかった。避ける気など微塵《みじん》も感じない硬さだった。

「す、すみません……」

僕はずれた眼鏡を押し上げ、頭を下げる。毛羽だったマスクと、ケロイド状の火傷《やけど》痕《あと》が視界に入った。

読み聞かせ会で見かけたあの男だ。

男は落ち窪《くぼ》んだ目で僕を見返した。鋭い目つきに鋼線で胸を貫かれたような気持ちになる。

何故こんなところにいるんだ。まさか、昨日僕が追い払ったのを根に持ってつけてきたのか。

火傷の男は立ち止まって僕を見つめ続けている。サラリーマンにぶつかって怒鳴られても微動だにしない。

時が止まったような緊張がクラクションの音で断ち切られた。信号が赤に変わり、トラックの運転手が何か叫んでいる。

僕はその隙に踵《きびす》を返し、一目散に駆け出した。

僕が住む学生用の安アパートが見えてきた。

未回収の粗大ゴミと無断駐輪のバイクにつまずきながら二階に続く階段を駆け上がり、自室のドアに鍵《かぎ》を差し込む。

僕は部屋に飛び込み、玄関に頽《くずお》れた。

「何なんだよ、本当に……！」

砂がジーンズの尻《しり》やリュックサックに嚙《か》みつく、ざりという音がする。投げ出した足先を眺めると、纏《まと》わりついていたはずの煤が消えていた。

僕は恐る恐る扉を開け、元来た道を眺める。黒い足跡はない。火傷の男の姿もない。

僕は再び扉を閉め、安堵《あんど》の息を吐いた。

疲れてるんだ、と理性が答えるが、本能が邪魔をした。僕が見た黒い指は、紛れもなくおまじないを始めた夜に見た悪夢と同じだった。

もうやめてしまおうか。

そう思ったとき、スマートフォンの通知が場違いなほど明るい音を立てた。実家の母からのメッセージだった。電気を消したままの玄関に鮮烈なブルーライトが光った。

「飲み会の写真ありがとう。楽しくやっているようで安心しました。遊びも大事だけど学業も忘れずにね」

履歴には僕が昨夜送った、居酒屋でジョッキを掲げる腕や、ボランティアの子どもたちの笑顔が残っていた。

僕は冷たいタイル上で膝《ひざ》を抱える。やっとまともになれたんだ。母も安心したし、明日は大鹿と出かける。おまじないをやめたら、昔に逆戻りだ。

僕は洗面台で顔を洗い、鏡に映る自分を見つめる。

おまじないを始めた翌朝は何故か自分の虚像に怯《おび》えた。今はもうそんなこともない。僕の顔は表情筋が引き締まって、何処となく大人びたような気がする。

きっと大丈夫。全部が上手《うま》くいくはずだ。


翌朝、黒い足跡は見えなくなっていた。

胸に溜《た》まっていた澱《よど》みが全て掃き清められたようだ。

僕は軽くなった足で大学に向かった。もう一歩ずつ足取りに怯えることもない。

三限までの授業を終え、大鹿との待ち合わせに向かう。

現れた彼女は小花柄の丈の短いワンピースで、いつもより口紅の色も濃い気がした。

「雰囲気が違うね」と言うと、大鹿は嬉しそうにはにかんだ。

　神田に向かうまでの電車でお互いのゼミの教授の厳しさや最近読んだ本の話をした。

　古本市ではひとの多さに戸惑いながら、小柄な彼女が無遠慮な老人にぶつかる前に庇《かば》うことができた。

　大鹿は目当ての泉鏡花の全集と昭和に刊行されたレシピ本を買い、僕は江戸時代の怪談集を買った。

　その後は調べておいたカフェに向かい、大鹿はヨーロッパ風の内装や、マスターがブレンドしてくれる紅茶に目を輝かせた。

　全部が上手く行った。

　カフェを出る頃には、すっかり暗くなっていた。

　僕は駅まで送ると言って、大鹿が両手に提げた紙袋をひとつ持った。

「穴水くんって紳士だよね。今どき珍しいよ」

「別にそんなことないよ」

「本当だって。うちの弟なんか全然駄目。見習わせたいくらい」

　彼女はえくぼを作って笑う。

　僕は緊張を押し殺し、努めて自然な口調で切り出す。

「遅くまで付き合ってくれてありがとう。でも、彼氏が心配しない？」

「え、彼氏なんていないよ！」

「そうなんだ。モテそうだしいると思った」

「全然！」

大鹿は紙袋をぶんぶん振って否定した。暗がりでもわかるほど赤くなった耳が可愛らしかった。

「穴水くんこそ彼女いないの？」

「今はいないよ」

「ってことは最近までいたんだ？」

「そういう訳じゃないけど……」

大鹿が悪戯《いたずら》っぽく僕の顔を覗《のぞ》き込む。僕は「近いって」と笑いながら縮まった距離のまま歩いた。

しばらく無言で進むと、川のせせらぎが鼓膜をくすぐった。

飲み屋の換気扇が吐き出す脂っこい匂いの煙や高架線の隙間から、夜空の黒を反射して滔々《とうとう》と流れる河川が見えた。

木々がざわめくたび、枝葉から月が覗き、水面《みなも》の波がアルミホイルのように輝く。目下の川を隔てる緑のフェンスが一箇所傾いて途切れていた。黒い大蛇が波打っているような水面が見える。あそこなら簡単に事が済むと思った。

大鹿は自分の爪先《つまさき》を見つめながら歩いている。

遠い踏切の警報を聞きながら、僕は自然な動作で彼女に手を伸ばした。紙袋の重みが肘《ひじ》に伸し掛かる。

フェンスが途切れる箇所はもうすぐだ。僕の指先が柔らかい髪に触れた。

後もう少し。全身の力を込めて押すだけで、大鹿は真下の川に落下し、水晶が砕けるように飛沫《ひまつ》が上がる。誰も見ていない。音は踏切の警報が掻《か》き消してくれる。

僕は黒く染まった手に力を込める。夜風が大鹿の細い肩を震わせた。

「穴水くん？」

丸い瞳《ひとみ》が僕を映した。

我に返って、全身の血が引いた。僕は咄嗟《とっさ》に自分の手を見つめる。さっきまでの自分の手は、悪夢の中のものと同じ黒に染まっていた。

僕は今、何をしようとしていた？

「どうしたの？」

彼女は笑いと不安がないまぜになった表情で見上げていた。僕は必死で首を振り、何でもないと答える。

「大丈夫？　顔色悪いみたいだけど……」

「うん、平気、少し寒かったからかな」

震えが止まらなかった。唇が上手く動かない。大鹿は心配そうに僕の肩に触れた。

彼女の体温と、脳裏に浮かんだ映像が混じる。

僕の両手の平に温かく薄い腹を突き飛ばす感触が走ったような気がした。

どうやって大鹿を見送り、電車に乗って、家まで辿《たど》り着いたのか覚えていない。

おかしい。何もかもがおかしい。僕は大鹿を殺そうとしていた。それが当然のように。

僕は買ったばかりの本を廊下に投げ捨て、洗面所に駆け込んだ。

壁のスイッチを押すと、死にかけの蠅の羽音のような頼りない音が響いて、薄い明かりが灯《とも》る。怯え切った僕の顔が鏡に映るはずだった。

悲鳴を上げたはずなのに、声が出なかった。

僕の唇は閉じたまま両端を吊《つ》り上げていたからだ。

鏡の中の僕は笑っていた。

皮膚の下に糸を通して、無理やり表情筋を動かしているような、不気味な笑みだった。

僕は必死で唇を押し下げようとする。意思に反して口角が上がり、鏡の中の僕は心底可笑《おか》しそうに笑う。

顔中が震えてバラバラになりそうなほどに。

気がつくと、硬い床の感触が頬と背骨を押した。

洗面所に倒れたまま眠っていたらしい。

僕はひりつく目蓋《まぶた》を擦《こす》る。電気も点《つ》けっぱなしだったのに何故か辺りが暗い。

眼球に火事の煙が染み込んだように、黒い靄《もや》が視界を覆っていた。

僕は痛む頭を振って洗面台に手をつく。冷たい陶器の感触がゴム手袋越しのように遠く感じた。

黒く濁る鏡にやつれた僕の顔が映っている。

ふらつきそうになって両手に力を込めたはずなのに、僕の腕は意思に反して持ち上がった。

自分で自分が信じられなかった。中学生の頃、理科の授業で観た、死んだ蛙に電極を刺して飛び跳ねさせる実験のビデオが頭に浮かんだ。

呆然《ぼうぜん》とする間もなく、僕の手が髪を整え、薄く生えた髭《ひげ》をなぞる。僕は手を動かそうとしていない。カメラの映像を眺めているみたいだ。

僕は後ろから押さえつけられるように鏡に吸い寄せられた。汚れた鏡面に映る僕が口角を上げる。

僕は笑っていた。

昨日と同じ操り人形のような不自然な顔だ。肌がつっぱり痛みが走った。剝《む》き出しの歯茎から唾液《だえき》が滴る。

僕は必死に笑みを打ち消そうとする。耳と顔の境目の皮膚が痛い。毛細血管がチリチリと悲鳴を上げ、顔が熱くなる。

耳のすぐ真横で不快な音が響いた。んわあ、と猫にもカラスにも似た、くぐもった声。赤ん坊の泣き声だ。

気が遠くなるのを感じた。

全てに靄がかかったようだった。

電車に乗り込んだ今も視界には絶えず黒いものがこびりついていて、耳元では僕が何か言おうとするたび赤ん坊の泣き声がする。

それなのに、電車の窓に映る僕は教科書を片手に平然と佇《たたず》んでいる。

近代日本文学の流れを告げる細かい文字はまるで頭に入ってこない。手の力を抜いて本を落とそうとしても、指先はしっかりと背表紙を摑《つか》んで離さない。

車窓の中の僕が、また笑った。

ごった返すホームに降り、ひとの体温と肩の感触が押し寄せる。頭の中に甲高い泣き声が響いた。

スーツ姿の老人が器用に僕を避《よ》け、セーラー服の少女の鞄《かばん》が僕の背を打つ。行き交う人々の腕を摑んで叫びたかった。

今貴方《あなた》が見ている僕は僕じゃない。僕の中に何かがいる。喉《のど》に手を突っ込んででもいいからここから出してくれ。

声は固く閉ざされた歯の間から出てこなかった。

暴走する車の助手席に括《くく》り付けられて、運転手の横顔を眺めるしかないように、僕の脚は大学へと向かっていた。

一限と二限が終わるまでの間、自分が何をしていたのか全くわからない。

少し前までの極力目立たないよう、変なことをしでかさないか怯《おび》えていたというのに、今はどんな目で見られてもいいから違和感に気づいてほしいと思った。

身体の内側で叫ぶ僕に反して、僕の身体は隣の席に座った知らない学生と授業内容について雑談を交わし、先生からの質問に手を挙げて答えた。

赤ん坊の泣き声に、チャイムの音が重なった。

僕は鞄を抱きかかえ、自動的に動く脚に突き動かされながら講堂を出た。

色を失い始めた植え込みの葉が揺れ、キッチンカーから漂う油の匂いと、煙草の煙の匂いを届けた。

僕の爪先はアスファルトを踏んで部室棟の脇の喫煙スペースへ進んでいく。

緑の衝立《ついたて》とゴミ箱の向こうから、日陰に身を隠して煙を纏《まと》った学生たちの姿が見えた。人の輪の隅に折内と小島がいる。

彼らなら気づいてくれるかもしれない。僕は自分がそうしたいのか、操られているのかもわからずに早足で向かった。

折内がこちらに気づき、煙草を挟んだ左手を振る。

「健じゃん。煙草吸うんだっけ？」

助けてくださいと叫んだつもりだった。

「いや、ふたりが見えたから」

僕の唇が意思と全く違う言葉を吐く。崖《がけ》から突き落とされる瞬間のような絶望が襲い掛かった。

小島は駆け寄ると、僕の頭を抱え込むように腕を回した。

「お前、大鹿とデートの約束取り付けたんだって？」

また脳の奥に揺れるような衝撃が走る。記憶にない。

「恵斗、知ってる？　土曜日ふたりきりで映画観に行くらしいよ」

「何それ？　聞いてないぞ」

混乱する僕をよそに、僕の顔は独りでに苦笑を作った。

「デートとかじゃないよ。たまたま話の流れでそうなっただけだし」

「モテる男は余裕ですねえ」

折内は目尻《めじり》に皺《しわ》を寄せた。

「次の日のボランティア忘れんなよ」

「忘れないって！」

僕が大袈裟《おおげさ》に手を振るとふたりが声を上げて笑う。談笑の声が響き、流れる煙が日差しを屈折させて、仄暗《ほのぐら》いはずの喫煙所を輝かせた。

周りにひとがたくさんいて、笑顔で満ちているのに、僕は誰にも気づかれず独りきりだ。

小島は何度も頷《うなず》いて言った。

「穴水って変わったよなあ」

僕の唇が「そうかな」と答える。

「前より話しやすくなったっていうか。前はグループワークでも全然発言しなかったし」

「小島が率先してみんなをまとめてくれるから甘えちゃってたところあると思う。迷惑かけちゃってごめん」

「そういう意味で言ったんじゃねえって」

「ううん。僕も二十歳だし、他人に頼ってばっかりじゃ駄目だなと思ってさ。最近はちょっと気をつけてる」

「真面目かよ！」

小島が僕の背を小突く。折内は長く煙を吐いて頷いた。

「健、今の方が全然いいよ」

目の前の靄が濃くなった。部屋の電気を消したみたいだ。

笑顔も、賞賛も、僕に向けられたものじゃない。

この肉の檻《おり》から出してくれと願っている本当の僕を求めているひとは誰もいない。

鼓膜の裏できゅるると喉を鳴らす音がする。赤ん坊が嗤《わら》った。

それからは時間の間隔も徐々に遠のいていった。

何か考えようと思う前に、意識を繋《つな》ぎ止める手綱が指の間からすり抜けていくようだ。

今自分がどこにいて、誰と話しているのかわからない。口内の飴玉《あめだま》が溶けていくように、自分が埋没して消えていくのがわかる。

それでいいのかもしれない。今僕の身体を乗っ取っている何かは、本物の僕より全部上手《うま》くやれる。

そう思いかけたとき、隠れていた恐怖が爆発する。

消えたくない。誰にも気づかれずにこのまま終わりたくない。

僕が泣いても、口から声は出ないし、目から涙は出ない。身体の内側に叫びが反響するだけだ。

いつしか泣いているのが赤ん坊か、自分かわからなくなった。

ビニールの膜で遮られていたような身体の感覚が急に戻り、冷たい風と煙の匂いを感じた。

気がつくと、僕は汚れた灰皿が置かれた非常階段の踊り場に立っていた。ことりの家が読み聞かせ会の会場に利用している公営施設だ。

肌が泡立つ感覚も、ヤニが溶けた火消しの水の臭いも久しぶりだった。

視界が晴れて、階段に伸びる薄茶色がかった影が鮮明に見えた。植え込みの向こうの道路から、ファンベルトが緩んだ乗用車が走り去る音がする。

階段を蹴《け》りつけるような重い足音がした。

真下に視線をやると、腕を吊《つ》る白いギプスとマスクが見えた。下段から火傷痕《やけどあと》の男が僕を睨《にら》みつけている。

男は困惑する僕を眺めると、舌打ちを残して階段を下っていった。

足音が消えてから、僕は自分の手の平を見つめる。

指先が炭に触ったように黒ずんでいた。また視界に靄《もや》が戻った。

僕は追い払おうと何度も目を擦《こす》る。指先の黒が眼球を染めて余計に暗くなる。

もうやめてくれ。

ひとりで踠《もが》いていると、廊下に通じるガラス扉が開く音がした。

僕の身体は急に動きを止め、自然な動作で振り返る。真後ろに美鳥が立っていた。ガラスに反射する僕がありきたりな笑みを浮かべる。

「すみません、今戻りますね」

またこれだ。身体の主導権を奪われた。きっとまた気づいてもらえない。

美鳥は複雑な表情で薄いタートルネックのセーターの裾《すそ》を揉《も》んだ。

「穴水くん……」

「何ですか？」

「ごめんね」

美鳥はそう言うと、裾から出した何かを僕に突き出した。

手の甲にさっと一筋の熱が走り、鋭い痛みに変わる。美鳥が工作用のカッターナイフを構えていた。赤ん坊の泣き声が脳内で炸裂《さくれつ》した。

うわあ、と叫んだのは紛れもなく僕だった。

自分の喉《のど》から悲鳴が出る。手の甲の赤い線から血の玉が噴く。僕の身体だ。

美鳥は叫ぶ僕の首を抱え込んだ。

「ごめんね。もう大丈夫。大丈夫だから」

毛羽だったウールのニット生地の温かさが頬に触れた。僕は子どものように美鳥に縋《すが》りついた。

「違うんです。僕は、僕じゃない……」

「知ってる」

美鳥は僕の肩を押し、正面から僕の目の奥を見つめた。

「この子はお前の好きにさせないからね」

黒い視界が美鳥を映す。憎悪で歪《ゆが》んだ歯軋《はぎし》りの音が身体の中で響いた。

美鳥は「こんなものしかなくて悪いけど」と、僕の手の甲にティッシュペーパーを押し当て、工作用のガムテープで巻いた。

産毛が粘着面に貼りついてひりつく感触と、錆《さ》びた刃の鈍い痛みすら今は嬉《うれ》しかった。自分の感覚が戻ってきた。

美鳥は僕を引き摺《ず》って非常階段を降りた。

エントランスから顔を覗《のぞ》かせた巽が目を見張る。

「どうしたんですか？　もうすぐ読み聞かせが始まりますよ」

「穴水くんが急に体調悪くなったからタクシーで送り届けてくる。後はよろしく！」

美鳥は声を張り上げ、戸惑う巽をよそに大通りに向かう。

僕が呆然《ぼうぜん》としている間に、美鳥は大通りでタクシーを呼び止め、僕を後部座席に押し込んだ。

シートの合皮と運転手の整髪料の匂いが車内に静かに満ちる。車が滑るように走り出した。

「美鳥さん、あの……」

「話は後で。私の家に行くよ」

美鳥は両手で僕の傷口を押さえ、フロントガラスを睨みつけていた。長閑《のどか》な幹線道路の風景が左右を流れる。安売りの幟《のぼり》を立てた靴屋や個人経営の蕎麦屋《そばや》が次々と消え、タクシーは家々の影で仄暗い住宅街へ進んで行った。

美鳥の冷たい指の感触だけが、僕を現実に繋ぎ止めていた。

タクシーが停まったのは、女性の一人暮らしとは思えないほど古びたアパートの前だった。

錆びた階段に、伸び切ったアロエの鉢植えと子ども用の自転車がもたれかかっている。カーテンの代わりに段ボールを貼った窓や、室外機に大量のゴミ袋を載せたベランダが見えた。

美鳥は僕を連れて階段を上がり、奥の部屋の塗装が剥《は》げた扉に鍵《かぎ》を差した。

室内は僕の部屋より散らかっていた。

玄関を遮る色褪《いろあ》せた暖簾《のれん》を潜ると、畳に直《じか》に置いた本の山や、畳まれていない衣類が目についた。

ニスで赤茶色に塗られたテーブル、花柄のポット。まるで田舎の老夫婦の家だ。

美鳥は椅子にかけたままだったコートを床に投げ捨て、僕を座らせる。運ばれてきた湯呑《ゆの》みは寿司屋《すしや》で見かけるような魚編の漢字が羅列されたものだった。

僕が凝視しているのに気づいたのか、美鳥が苦笑する。

「やっぱり変？」

「いや……」

「元々ここ私のお祖母《ばあ》ちゃんの家だからこういうものばっかりあるんだよね。従兄弟《いとこ》と一緒に暮らしてた頃、学校に持って行かせるマグカップがなくてこれを渡したら散々文句言われたよ」

「これを学校に？」

「そう。寿司屋じゃないんだぞ、ってね。私は『いい話のネタになるでしょ。友だちと漢字クイズでもしなさい』って言ったら怒ってさ。あいつ友だちいないから」

僕が思わず噴き出す。

「穴水くん、やっと笑ったね」

「すいません……」

美鳥はテーブルに身を乗り出して僕を覗き込んだ。

「やっぱり初めて会ったときの君だ」

背筋を死人の指が這《は》ったような、ぞくりとした感触が伝わった。美鳥の瞳《ひとみ》に強張《こわば》った僕の顔が映る。

彼女は僕の向かいに座って両手の指を組んだ。

「穴水くん、私もそっち側だから何を聞いても馬鹿にしない。正直に言って。何かに乗っ取られてたでしょう」

僕の喉に詰まっていた息と言葉が溢《あふ》れ出した。

「自分の身体なのに言うことを聞かなくて。僕の顔と口で勝手に喋《しゃべ》って、勝手に動いて。ずっと視界に黒い靄がかかって、喋るたびに頭の中で赤ん坊の泣き声がするんです。美鳥さんは知ってるんですか？　これ、何なんですか？」

「落ち着いて」

美鳥は短く言い放ち、湯呑みの茶を啜《すす》った。

「穴水くんは怪談が好きだよね。人間が悪霊に憑依《ひょうい》される話なんかに馴染《なじ》みはある？」

「はい……」

「だったら、話が早い。この世にはね、怖い話に出てくる幽霊みたいに人間の身体を乗っ取って成り代わろうとするものが存在するの」

僕は乾き切った唇を舐《な》めた。飲んだばかりの温《ぬる》い緑茶が一瞬で蒸発したようだった。

「悪霊が僕に憑《つ》いたってことですか」

「そう思うのがわかりやすいけど、実際は少し違う。幽霊と違って、基本的に憑かれたひと以外には見えないし、感じられない。だから、穴水くんも気づいてもらえなかった」

「霊じゃないなら何なんですか」

美鳥は慎重に言葉を選びながら言った。

「私たちはケガレって呼んでる」

僕は言葉を反芻《はんすう》する。

「ケガレ……大昔、身内に不幸があったり死体に触ったらよくないものがつくと思われてた、あの穢《けが》れですか」

「詳しいね。さすが文学部」

美鳥は歯を見せて笑った。

「じゃあ、ケガレって死んだひとの魂なんですか」

「わからない。私に言えるのは、ケガレは見えないだけで私たちのそばにずっといるってことくらい。奴らには身体がないから人間に入り込んで主導権を奪おうとするの」

「奪ってどうするんですか」

「ケガレはその名前の通り周りに不幸を起こすの。まず周りの人間たちを殺して、最後は乗っ取った人間も殺す。インフルエンザのようなウィルスに近いかもね」

「じゃあ、このまま乗っ取られてたら……」

身体が震えるのがわかった。身体の制御の利かない感覚に、顔の皮膚を無理やり引っ張られて笑みを作らされる痛みが蘇《よみがえ》る。

美鳥は真っ直ぐに僕を見つめた。

「大丈夫。そのために私たちがいるんだから」

「私たちって？」

「ウィルスにはワクチンがあるように、ケガレを見て、対抗できる力を持つ人間もいるんだよ。それが私たち、ハガシって呼ばれる存在」

耳馴染《みみなじ》みのない言葉に戸惑っていると、美鳥が肩を竦《すく》めた。

「こっちは聞いたことないよね。由来も単純で、ケガレを引っぺがすことができるから『剝がし』って言うの。馬鹿みたいでしょ」

「いえ……」

僕は何度も自分の膝《ひざ》を摩《さす》った。

「霊媒師って、冗談じゃなかったんですね」

「その顔。疑ってたでしょ」

美鳥は悪戯《いたずら》がバレた子どものようにはにかんだ。

「と言っても、私には大した力がないんだ。ちょっとくらい対抗手段がわかるくらいでね。それがこれ」

彼女はポケットから先程僕を斬りつけたカッターナイフを取り出した。

「悪霊は鏡と刃物を恐れるって聞いたことある？」

「お祓《はら》いとかでも使いますよね」

「ケガレに対する数少ない手段がこれなんだ。穴水くんは乗っ取られた瞬間、鏡を見て怖くなったりしなかった？」

暗い洗面所で僕は自分の虚像に怯《おび》えた。自分の顔なのにそうじゃないように思えた。

「やっぱりね。ケガレは人体を乗っ取った時点では生後一日の赤ちゃんみたいなものなの。人間の身体で生きるのは初めてだから当然か。だから、自分が映る鏡に怯える。その段階を超えてしまったら、次」

カッターの刃をカチカチと押し出す音が鳴った。

「ケガレは実体を持たないから、生身の人間の感覚には慣れてない。大人は転んでも平気だけど、子どもはちょっとの擦り傷で大泣きするように、奴らは痛みに弱いの」

「だから、僕を斬りつけたんですか」

「本当にごめんね。でも、この段階で済んでよかった。痛みにすらも慣れたら引き剝がすのは不可能だから」

「不可能って……」

けが残る」

「飴玉《あめだま》が口の中で溶けるみたいに、君の存在はどんどん消えてなくなって、ケガレだ

僕は震える口元を必死に押さえた。

「もう、ケガレはいなくなったんですか」

「まだだよ。大人しくしてるだけで穴水くんの中にいる」

目の前が暗くなる。美鳥は僕に怯える間も与えずにじり寄った。

「ケガレは弱ってる人間を乗っ取るものだけど、それにはきっかけが必要。門を開いて招き入れるようにね。君、何かした？」

真っ黒な瞳が僕を歪《ゆが》めて映す。墨で塗り潰《つぶ》した紙のようだ。わかってる。あのおまじないだ。

あれをやってから僕の中に何かが入り込み、全てを染め上げた。

今でも怖いし、一刻も早くケガレを追い出したい。そう思っているのに、本当に僕は馬鹿だ。

おまじないを始めてから、僕は変われたんだ。

美鳥は全てを見透かしたように身を引いた。柔軟剤と微《かす》かな日本酒の匂いが漂った。

「……ケガレはね、犠牲者を増やすために魅力的な人間を装って他人を惹《ひ》きつけるの。それが奴らの狩りの方法。穴水くんはケガレに乗っ取られてから少し変わったんじゃ

ない？」

「僕は……」

「それは命より大事なことじゃない。教えてくれないと手遅れになっちゃう」

僕は頷《うなず》き、おまじないのことを全て吐き出した。美鳥は責めることも嘲笑《あざわら》うこともなく、静かに聞いてくれた。

話し終えると、美鳥は真剣な顔で呟《つぶや》いた。

「おまじないの出処は後で探るとして、その紙は破棄しなきゃね。明日《あした》私のところに持ってきて」

僕はまだ何処かであれを手放したくないと思っている。最低だと思った。

「僕が変われたのは全部、そんな化け物のお陰だったんですね……」

情けなくて涙が出て、それもまた惨めだった。

美鳥は静かに口角を上げた。

「穴水くん、自分の人生でもう一度やり直そうよ。そのために頑張ろう」

僕は大きく頷いた。膝に落ちた涙の雫《しずく》がジーンズに黒い円を作って、顔を上げられなかった。

美鳥の家を出てすぐ、忘れていた恐怖が押し寄せた。

僕の身体にはまだケガレが巣くっている。一歩踏み出す間にも眼球に黒い靄《もや》が染み出して、赤ん坊の声が聞こえるかもしれない。

僕は追われるように錆《さ》びた階段を駆け下り、帰路へと走った。

幸い家に着くまで異変は起こらなかった。

玄関に飛び込むと、窓から差し込む夕陽の温かな橙《だいだい》が廊下に伸びていた。

スニーカーを脱ごうと腰を下ろすと、靴箱の上にある、覚えのない小さな紙箱が目に入った。

青と白の花模様の蓋《ふた》を開くと、使い捨てのアイマスクと入浴剤が入っていた。誰かからもらったのだろう。

僕は手の震えを堪《こら》えてスマートフォンを開く。

メッセージアプリには知らないアイコンや名前が大量に並んでいた。

通知欄の一番上には電車の遅延で待ち合わせに五分遅れるという大鹿からの謝罪があった。母からのメッセージもある。

昨日のことも、母と何を話したかも、全く記憶がない。

僕の家も、人生も、これほど侵食されていたのだ。

僕はスニーカーを脱ぎ捨て、寝室の枕の下に入れたままのおまじないの紙を引き摺《ず》り出した。枕カバーの皺《しわ》に合わせてぐしゃぐしゃになった、不気味なインクの塊が僕を見上げている。

僕は力のまま紙を引き千切ろうとしたが、指に力が入らなかった。

大鹿や見知らぬ友人からのメッセージも、花柄の紙箱も、僕に贈られたものじゃない。僕を乗っ取った何かが築き上げたものだ。

この身体から本当に出ていくべきなのはどちらなのだろう。僕はおまじないの紙を握りしめて床にへたり込んだ。

眠ろうとしても、目蓋《まぶた》の裏に滲《にじ》んだ闇が五つに分かれてあの黒い指に変わり、僕を内側からこじ開けるような気がした。

眼球と唇が乾いていく。身体が冷えているのに、脳の芯《しん》が焼けた鉄のように熱く、ろくに眠れないまま朝が来た。


午前五時四十分、トークアプリの通知音が響いて心臓が跳ねる。画面を開くと、美鳥からのメッセージだった。

「眠れた？　心身が弱ってると余計に危険だから、難しいとは思うけどちゃんと休むこと。学生の本分も忘れずにね。午前の授業が終わったら迎えに行くから」

スタンプも絵文字もない簡潔な文だが、端々に温かみを感じた。まだ夜明け前だ。美鳥もほとんど寝ていないのだろう。僕を取り巻く関係が僕じゃない何かが築いたものだとしても、本当の僕を心配してくれるひとがひとりいる。

窓から見える家々の隙間から、朝日が夜空の裾《すそ》を濁った白で汚し、部屋のフローリングに明かりが滲み出す。希望が見えた気がした。

大学を訪れると、長い間海外に行って今しがた戻ってきたような錯覚を覚えた。黒い靄に覆われていない視界で眺めるキャンパスはひどく眩《まぶ》しく、居心地が悪い。すれ違う知らない面々が、僕に軽く手を挙げて挨拶《あいさつ》する。僕は指名手配犯のように鞄《かばん》を抱えて早足で歩いた。

重い教科書の間には、おまじないの紙が入っている。

俯《うつむ》きながら進んでいると、覚えのある声が聞こえた。

「健？」

廊下の向こうから折内が駆けてきて、僕の肩を摑《つか》む。

「お前、大丈夫かよ！　昨日急にいなくなったと思ったら、具合悪くて美鳥さんに送ってもらったって聞いて……」

大丈夫、と答えようとしたが何も言えなかった。たった一言だ。それなのに、喉《のど》の奥が乾燥して張りついたように声が出ない。

窓ガラスに引き攣《つ》った僕の顔が映る。これが本当の僕だ。自分が変われたなんて馬鹿な思い込みだった。

折内が僕を覗《のぞ》き込む。身が竦《すく》んだ。彼の顔の中に失望や軽蔑《けいべつ》が現れるのを予感してしまう。

折内は僕の肩から手を離して言った。

「顔色やばいじゃん。無理しないで今日は休めって。ノート取って後で内容送るからさ」

彼はごく普通の友人に向ける笑顔だった。数日前に同じ顔で言われた言葉が脳裏を過《よ》ぎる。

「今の方が全然いいよ」

折内の気遣いは僕に向けられたものじゃない。僕は薄い膜を通したように遠く響くチャイムを聴きながら廊下に立ち尽くした。

僕は自習スペースの不安定な椅子に座り、午前が終わるのを待った。握りしめたスマートフォンに、動画サイトでフォローしていた怪談ラジオの新作の通知が届く。聞く気になれなかった。

社会から弾《はじ》かれた者を許容してくれるホラーが好きだったのに、本物の孤独を味わった今では、死を連想させる言葉が目に入るだけで恐ろしい。

僕は何もかも中途半端だ。

永遠にも思える時間が過ぎて、美鳥からの着信が届いた。僕はキャンパスを飛び出し、昼食へと向かう学生たちの群れを掻《か》き分ける。

部室棟に面した通りに質素なトレーナー姿の美鳥が立っていた。

彼女は僕に気づくと、片手に提げた缶チューハイを揺らして合図した。

「調子はどう？」

「今のところ大丈夫です……大学の前で呑《の》んでたんですか？」

「いいの、お清めみたいなものだから！　これからケガレに立ち向かうんだし、気合い入れないとね」

美鳥はあっけらかんと笑ってチューハイの残りを喉に流し込んだ。世間では彼女のことをろくでもない大人というんだろう。僕にはそれが心底安心できた。

美鳥が向かった先は、上野《うえの》アメ横だった。

コンコースを降りてすぐに雑多な飲み屋街の看板と、外国語の混じった声が押し寄せる。僕の知る洗練された東京とはまるで違った。

雨垂れで汚れた高架下に焼き鳥の煙が満ち、店頭に並ぶポルノ雑誌をコラージュしたシャツや外国の菓子が曇る。昼間だというのに、屋台にはビールグラスを並べた人々が座っていた。

「すごいところですね」

「いいでしょ？　いつも活気があってさ」

美鳥は唖然《あぜん》とする僕の肩を叩《たた》く。

「ケガレは気持ちが弱ってるひとに入り込むの。だから、元気をもらえるところで戦おう」

彼女に導かれた先は、ビルとビルの間に無理やりねじ込んだような狭い居酒屋だった。

促されるまま個室の座席に座り、自分が何をしに来たのか不安になったところで、美鳥が手を差し出した。

「おまじないの紙持ってきた？」

「はい……」

僕は慌ててくしゃくしゃになった紙をリュックサックから引き摺り出す。

美鳥は表情を打ち消し、滲んだ墨の塊を睨《にら》んだ。

「これ、誰から教わったの」

先程の様子とは違う、張り詰めた声に、僕は思わず萎縮《いしゅく》する。

「読み聞かせ会の子からです。ネットでも出回ってて、学校でも流行《はや》ってるみたいです」

「危ういね。後で出処をちゃんと調べなきゃ」

「そんなにまずいものなんですか」

美鳥は墨で書かれた文字を見下ろし、眉間《みけん》に手をやった。

「読みからおはりや、書く遊ばせたまえ、降りおりて、語りかたりましませ……これ元は伊勢《いせ》の神宮なんかで使われる祝詞《のりと》を意図的に改変してるんだよ」

僕は息を呑む。おまじないを行ったときに感じた、不似合いなほどの荘厳さと忌避感は間違っていなかった。

「降祝詞っていう神事で神様をお招きするときに奏上する言葉なんだけど知ってる？」

「少しだけ……『遊ばす』は『あそばす』なんじゃないかとは思ってました」

「そう。神聖な儀式以外ではみだりに唱えちゃいけないものだよ。それに、このおまじないは悪意を持って改変されてる」

「悪意、ですか……」

「『読み』は『黄泉《よみ》』とのダブルミーニングだね。日本神話で穢《けが》れが訪れるとされる黄泉の国。しかも、本来は神様にお帰りいただく昇祝詞とセットなのに、おまじないにはそれがない。ケガレを取り憑《つ》かせて居座らせるための降霊術だよ」

個室のとろりとした照明が暗く伸びたような気がして、悪寒を覚えた。

美鳥はおまじないの紙を灰皿に押し付け、ライターで火をつけた。あっという間に紙が縮み上がり、小さな炎を纏《まと》って灰に変わる。

「これで大丈夫なんですか……？」

美鳥は沈鬱《ちんうつ》に首を振った。

「まだだよ。感染源を断っても既に病気になったひとを治せないのと同じ」

「そんな、じゃあ、僕には一生ケガレが取り憑いたままってことですか？」

彼女は取り乱した僕を冷静に見つめた。

「大丈夫、そのために私たちハガシがいるんだから」

美鳥の瞳孔《どうこう》が弓を引き絞るように細くなった。

緊張で僕の声が上ずる。

「あの、今からお祓《はら》いするんですか？　神社とかお寺とか行ったり、お神酒《みき》とか榊《さかき》とか用意するものじゃ……」

「しないよ」

美鳥は短く答えた。

「そういう除霊は敵の出処を探って、それに応じた祓いを行うもの。大抵悪霊が憑いてるっていうのは、信仰による思い込みが殆《ほとん》どだからね。悪魔が憑いてると思ってるキリスト教信者に日本のお寺でお祓いしても効かなそうでしょう？」

「はい……」

「でも、ハガシは違う。文字通りケガレを引っ剝《ぱ》がすの」

「どういうことですか？」

「例えば、霊媒師がクレーマーの話を聞いて納得して帰ってもらうものなら、ハガシはプロレスラーを呼んでクレーマーをぶん殴って帰らせるようなものかな」

美鳥は冗談のように笑う。

「じゃあ、やるね」

彼女は不意に手を伸ばすと、僕の額に指先をつけた。

グラスの水滴で冷えた指が、皮膚の下の頭蓋《ずがい》の凹凸を確かめるように滑る。そのとき、ずぶりとぬかるんだ泥を踏み抜いたような感触が額に走った。

水面に手を差し入れるように、美鳥の指が、皮膚も骨も貫いて僕の頭の中に侵入してくる。

うわ、あ、と、思わず漏れた声が頭蓋に反響して、指先が揺れた。

「穴水くん、動かないで」

美鳥は鋭く言った。

痛みは感じない。ただ、体内に白い指がずぶずぶと挿し込まれていく感触だけが響く。

目を見開くと、美鳥の指の第二関節までが僕の額の前で消失していた。有り得ない。人間の身体にこんなことが起こるはずはない。

意識が遠のいた。

目蓋《まぶた》を閉じると、僕の頭の中で白い花が開くように五本の指が拡がる映像が浮かぶ。

甲高い泣き声が響いた。

水に一滴の墨汁を垂らしたように、脳内に黒いものが浮かび上がる。焼け焦げた胎児に似た塊がいた。

鼓膜にこびりついた、あの泣き声が蘇《よみがえ》った。

「美鳥さん、何かいる、今、手、どうなって……！」

もがいても僕の身体は微動だにしない。

赤ん坊は顔を皺《しわ》だらけにして絶叫する。芋虫のように短く膨れた手足が動くたびに、僕の頭に鋭い痛みが走った。

「そこか」

美鳥の声が響き、指が赤ん坊を鷲摑《わしづか》みにする。赤ん坊が切れ目を入れたような唇を開いた。未熟なのにぬらりとした肉感の口腔《こうこう》内に小さな黒い歯がある。

金属片を擦り合わせるような不快な音が、脳内にこだました。

美鳥が呻《うめ》きを上げて飛び退いた。

座椅子が軋《きし》む音で我に返る。額の違和感も、頭の中の黒い赤ん坊も消えていた。

僕は震える手で自分の頭を擦《さす》る。何の傷もなく、骨の凹凸があるだけだ。

「今のは、何だったんですか……」

向かいの席の彼女は、右手を押さえて呻いていた。手の甲の骨をなぞるように半月形の赤い傷ができて、血が流れていた。歯型だ。

「美鳥さん、それ……！」

慌てておしぼりを渡そうとしたが、近くにあった水のグラスに肘《ひじ》がぶつかった。がしゃんと音がして、氷と冷水が朱色の卓に広がる。

手当が先か、水を拭《ふ》くべきか、戸惑っていると、美鳥は眉《まゆ》を下げて笑った。

「いやあ、びっくりしたでしょ」

彼女は礼を言って、水浸しのおしぼりを受け取る。手の傷に押し当てると、白い布地に薄い赤が滲《にじ》んだ。

先程の音を聞きつけた店員が駆けつけ、素早く氷水を片付ける。テーブルに残った線上の透明な跡が乾き、新しい水が運ばれてくるまで、僕はまた何もできなかった。

美鳥は傷口を押さえながら苦笑した。気丈に構えているが、痛みか恐怖か、真っ白な指先が震えていた。

「穴水くん、どう感じた？」

僕は未《いま》だ混乱する頭を必死に回す。

「美鳥さんの手が僕の頭の中に入ってきて、中にいる黒い赤ん坊みたいなものを摑《つか》もうとした……ような気がしました」

「これがハガシのやり方なの。実際に頭に指を突っ込んだりはしてないよ。そう見えるだけ。体内のケガレを摑んで引き剝《は》がすんだ」

「じゃあ、美鳥さんが赤ん坊に手を噛《か》まれたように見えたのは」

「ケガレの奴、反抗してきた。想像以上にしぶといね」

美鳥は左手で梅酒のロックを呷《あお》り、澱《よど》んだ瞳《ひとみ》で卓を見下ろした。

「そういう訳で、上手《うま》くいかなかった。ごめんね。私の見立てが甘かったせい」

「いや、そんな、怪我までして……」

本当は、まだあれが体内にいるのかと思うと恐怖で叫び出したかったけれど、美鳥の悲痛な笑顔を見ていたらそうもできなかった。

美鳥は酒を飲み干し、グラスに溜《た》まった蜜《みつ》色の雫《しずく》を睨《にら》むと、深く息を吐いた。

「悪いけど、私の手には負えないみたい」

「そんな……」

「心配しないで。知り合いのハガシにどうにかできないか聞いてみるから」

彼女はおしぼりを手に縛り付け、スマートフォンを取り出した。

真剣な顔で液晶に指を走らせる彼女を見つつ、僕は烏龍茶《ウーロンちゃ》で唇を湿らせる。

「ハガシって、美鳥さん以外にもたくさんいるんですか」

「たくさんはいないよ。寧《むし》ろジリ貧」

美鳥はスマートフォンを耳に押し当て、しばらく待ってから舌打ちした。まとめた髪の後れ毛から冷や汗が一滴伝い落ちた。

「ハガシは家族でも力が遺伝しないことがほとんどなの。だから、漫画に出てくる陰《おん》陽《みょう》師《じ》の一族みたいに集結することもできないし、お互いの存在すら確認できないこともある。北海道でケガレが誰かを襲っても、沖縄で生まれたハガシは知る由もないってこと」

「じゃあ、どうやってハガシどうしで繋《つな》がってるんですか？」

「ケガレを見つけて駆けつけたとき顔を合わせる偶然に賭《か》けるしかないのが殆ど。後は、霊媒師の中からハガシらしいひとを見つけてコンタクトを取るとかね」

僕はジーンズの裾《すそ》で汗ばむ手を拭いた。

「ハガシと霊媒師は違うんですよね？」

「そう。私たちに霊魂とか幽霊の存在はわからない。いるのかもしれないけどね。私たちに認知できるのはケガレだけ」

「でも、今霊媒師って……」

「ケガレが呼び起こす事態は俗に言う霊障とよく似てるから、敢《あ》えて神職に就いたり、霊媒師を自称して、ケガレに纏《まつ》わる事件を探してるハガシもいるの。今連絡してるひともそう……繋がった！」

美鳥は人差し指を唇に押し当てる。僕は固く口を結んだ。

静まり返った個室の空気を、真上のスピーカーから流れる和楽器を演奏しているような音楽が掻《か》き混ぜる。

スマートフォンの向こうから男の声が答えた。

「美鳥さん、また厄介なもん引き当てはったな」

訛《なま》りのある響きは老人のように掠《かす》れていた。

「お久しぶりです。早速ですが、件《くだん》の穴水くんが目の前にいるんです。画面越しに見てもらえますか」

「ええよ。ビデオにして」

美鳥はスマートフォンを僕に向ける。

狭い画面に白い和服を着た、三十代ぐらいの長髪の男性が映った。背後には御守りのようなものを吊《つ》るした木造の壁がある。美鳥と違って、今からお祓《はら》いを始めるような神聖な装いだった。

「日出《ひで》と申します。京都の神社で禰宜《ねぎ》をやらしてもらってます」

彼が頭を下げたとき、黒髪の隙間から首筋が覗《のぞ》いた。喉《のど》の中央にガラス片で引き裂いたような傷がある。

日出は苦笑して喉元を摩《さす》った。

「ハガシならよくある話や。ようこの歳まで生きとりますわ」

「すみません……」

日出は画面越しに僕を眺め、眉根《まゆね》を寄せた。

「だいぶ根っこに深く挿しとるね。穴水くん、自分でケガレを手放したくないと思ってるんと違いますか」

僕は虚をつかれて呆然《ぼうぜん》とした。

「そんな訳……」

「責めてる訳じゃないですよ。ケガレは人間を取り込むために好人物を装うもんやから、いてくれたらええもんだと思ってしまうのもわかります」

美鳥が身を乗り出して割り込んだ。

「私じゃどうにもできなかったんです。日出さん、何とかなりませんか」

「残念やけど、今こっちの仕事の真っ最中で、放り出す訳にもいかへんのです。私じゃなくても従兄弟《いとこ》さんがおるやろ」

僕は目を瞬《しばた》かせる。

「どういうことですか？」

「聞いとらん？　美鳥さんの従兄弟は今いるハガシの中で一番強いんですよ。あの子ならどうにかなるやろ」

だったら、何故最初に教えてくれなかったのだろう。僕が見つめると、美鳥は沈鬱《ちんうつ》に首を振った。

「……あの子はもうケガレと関わることをやめました。強いからって傷つかない訳じゃない。ハガシとして生き続けたら私より早く死んじゃうと思う」

画面の向こうの日出はしばし黙り込んでから言った。

「全国に何人かいる私の弟子に話つけておきましょう。美鳥さん、それでええかな」

「ありがとうございます」

「穴水くん、それまで付け込まれんようにな」

ざらついたノイズの後、ビデオ通話が途絶えた。美鳥は空のグラスの底を眺め続けていた。

「ごめんね、本当はあの子が協力してくれたら一番いいんだけど」

「大丈夫です。本人が望んでないのに巻き込む訳にはいきませんから」

僕はグラスに反射する自分が上手く笑えているか確かめる。その一番強いハガシに頼んで今すぐ助けてくれと言いたいのを必死で堪《こら》えた。

茶色の酒に映る僕の笑顔は歪《ゆが》んでいた。

居酒屋を出てすぐ、僕は美鳥を引き留め、近くのドラッグストアで絆創膏《ばんそうこう》を買った。

「大した怪我じゃないのに」

美鳥はシャッターが下りた古着屋の前に座り込んで微笑んだ。手の甲に貼った絆創膏から滲む血が痛々しかった。

「明日《あした》朝イチで京都に行って、日出さんが来られなくても力を借りる方法がないか探してくるよ。何かあったら、ことりの家の巽さんに連絡して。彼は私の仕事を知ってるから力になってくれるはず」

当たり前のように告げる彼女に、僕は思わず問いかけた。

「美鳥さんは、いつもこうやって他のひとを助けてるんですか」

「まあね」

「怖くないんですか」

「ケガレを放っておく方が怖いよ。奴らはすぐそばにいて、人間を脅かしてるのに、私たちにしか見えないから」

「でも、怪我までして、死ぬかもしれないのに」

「だからだよ。殺人鬼が隣に住んでたらそいつが逮捕されるまで安心して眠れないでしょ。私の自己満足だよ」

「美鳥さんは強いんですね」

彼女は照れたようにはにかんだ。

「穴水くんは優しいいね」

「そんなことないですよ。いつだって自分のことばっかりで、全然上手く喋《しゃべ》れなくて、空回って……」

「絆創膏買ってくれたでしょ」

僕は口を噤《つぐ》む。

酔客の声が冷たい空気に滲《し》み、赤提灯《あかちょうちん》の中の電球が薄い和紙を炙《あぶ》る音がじりりと響く。シミのある地面に直接腰を下ろした美鳥は、早くも酔っ払った学生に溶け込んでいた。

「穴水くんが喋るのが苦手なのは、相手がどう思うかじっくり考えるからじゃないかな。適当にその場凌《ばしの》ぎでいいやって思わないんだよね」

「僕は、自分がどう思われるか気にしてるだけですよ」

「本当に自分本位な奴はそんなこと言わないよ」

美鳥は歯を見せる。

「穴水くんを初めて見たとき、いい子だろうなって思ったんだ。でも、二回目で印象が違うなと思った。前よりずっと話しやすいけど、何か違う、心がないって」

頬が熱くなった。ケガレに乗っ取られていたときのことだ。自分で全部上手《うま》くやっているつもりでも、わかるひとには見抜かれていたんだ。

「あのとき、私にいつでも呑《の》みに誘ってくださいって言ったよね。あれは本心？」

黒い双眸《そうぼう》が僕を射貫《いぬ》くように見つめる。僕は必死で頷《うなず》いた。

「本心、だと思います。僕でよければですけど。美鳥さんが嫌じゃなかったら……」

「じゃあ、今度はちゃんと穴水くん自身から聞きたいな」

凪が赤提灯を揺らし、照り返しを受けた美鳥の頬が緋《ひ》で染まった。

美鳥と別れて電車に乗った頃には二十二時半になっていた。

家に近づくほど乗客は減り、二十三時を回る頃には僕以外誰もいなくなってきた。無人の車内の静けさと無機質な灯《あか》りは病院に似ている。

スマートフォンを開くと、トークアプリの通知が溜《た》まっていた。ほとんど折内からだ。

律儀にノートの写真やレポートの参考文献のリストを送ってくれている。

こんな時間まで忘れていたのを申し訳なく思ったとき、ちょうどメッセージが届いた。

「生きてる？」

身体の血が逆流するような火照りを覚えた。折内はほんの冗談のつもりだろう。ノートを送って、心配もしてくれて、何の悪意もない。

でも、今この瞬間にも自分が自分じゃなくなる恐怖と闘っている僕にとっては、とどめのような言葉だった。

スマートフォンを握る手に力が入り、液晶が軋《きし》む。

落ち着け、と自分に言い聞かせ、アプリを落とそうとすると着信音が鳴った。

折内からだ。僕はざわつく気持ちを押し殺して通話に出る。

「……何？」

「健？　何って、全然既読つかなかったからさ。そんなに具合悪いの？」

折内は少し酔っているのかいつもより声が大きい。それが余計に神経を逆撫《さかな》でした。

「大したことないよ。家で寝てた」

「本当かよ。小島が健と女のひとが一緒に大学出ていくの見たって言っててさ。彼女？」

「美鳥さんだよ。昨日の流れで気を遣ってくれただけだから。変な勘違いするなよ」

自分の言葉の端々に棘《とげ》があるのがわかる。これじゃ駄目だ。ノートの礼も言っていないのに。

折内は声量を抑えて言った。

「お前、ちゃんと病院行った方がいいって。今日も何か様子おかしかったし……」

「うるさいな！」

自分の声が車内に反響した。土石流が堤防を破ったように言葉が溢《あふ》れ出す。

「おかしくならないように今必死でやってるんだよ！　やっと普通になれたと思ったのにこんなことになって、何も悩まずにまともでいられる折内くんにはわからないよ！」

自分を止められなかった。まるでケガレに操られているようだったが、これは嫌になるほど自分自身の怒りだとわかっていた。

僕の吐いた荒い息が、電車の揺れる音に重なる。冷蔵庫の中のような冷たい光が車内に満ちていた。

折内は黙り込んでいた。我に返って全身が震える。

ごめん、と言おうとしたのに、今ので肺の中の空気を全て絞り出したように声が出なかった。

「健、あのさ……」

折内が静かに息を吸った。

「迷惑かもしれないけど、心配だから今からそっち行くわ」

酔いの醒《さ》めた真剣な声だった。僕は見えるはずもないのに必死で首を振る。僕はそんなことを言ってもらえる人間じゃない。

「ごめん、本当に大丈夫だから、ちゃんと寝て休むから……」

「そんな状態で放っておけないだろ。今どこにいんの？」

「家だよ……」

「お前さ、わかりやすい嘘吐くなよ」

折内が微《かす》かに苛立《いらだ》った声で言う。ホームのアナウンスでも聞こえたのだろうか。

「健って一人暮らしだよな？　さっきから後ろでずっと赤ちゃんが泣いてんのに家な訳ないだろ」

僕は咄嗟《とっさ》に通話を切った。

心臓が耳に張りついたように心音が大きく聞こえる。車両には僕の他に誰もいない。何も聞こえない。

きゅるる、と赤ん坊が笑う声が響いたような気がした。

僕は頭を抱え、膝《ひざ》の間に押し込むように蹲《うずくま》った。

ケガレがまだ僕の中にいる。今にも僕を乗っ取ろうとしている。

聞こえないはずの声を脳内から追い出すために僕は声を上げた。くぐもった唸《うな》りが両膝に響く。

電車が停まり、乗ってきた若い女性が僕を見て足早に別の車両へ逃げた。僕は汗と呼気の湿気でぐしゃぐしゃになった顔を拭《ぬぐ》う。

スマートフォンの通知が鳴り続けていた。折内が何度も電話をかけている。

彼も、美鳥も、僕がいるせいで傷つき続ける。でも、呆《あき》れるほどに僕は他人に頼る以外何もできなかった。

僕は折内からの通知が鳴り止んだのを確かめてから、美鳥に電話をかけた。

「ちゃんと帰れた？」

温かな声に涙が滲《にじ》む。僕はしゃくり上げながら今あったことを話した。

「……僕はどうすればいいですか」

「悪いけど、もう私は京都に行くための夜行バス乗り場に来ちゃってるんだ」

美鳥は眠気を堪《こら》えるような声で応《こた》えた。夜中だというのに眠りもせずに僕のために駆け回ってくれているのだ。

「行き違いになっちゃったけど、神奈川にいる日出さんの弟子が力になってくれるみたい。巽さんに伝えたら、明日《あした》車を出してくれるって。読み聞かせ会で使っている会館の前で待ち合わせできそう？」

「はい……」

「よかった。穴水くん、気を確かにね。ケガレは弱ってるひとに付け込むの。それから、死人が出た場所や殺生に関わらないように」

美鳥は少しの逡巡《しゅんじゅん》の後、付け加える。

「絶対に大丈夫だから」

電話が切れた。美鳥にも赤ん坊の泣き声が聞こえているんだろうか。

最寄駅で降りず、無人の電車にひたすら揺られ、見覚えのあるホームで降車した。

僕の足は会館へ向かっていた。

暗い路面に赤信号だけが反射して、横断歩道が血の海のように見える。住宅街は既に寝静まり、誰ともすれ違わなかった。

二階建てのレンタルビデオ店は真っ暗な直方体と化し、普段は賑《にぎ》わっているスーパーマーケットの飲食コーナーも、今は机に上げられた椅子が非常灯に照らされる無機質な空間だった。

人類が滅亡した世界で取り残されたような気分だ。

やっと見慣れた建物が暗がりに浮かび上がり、足が速まる。入り口は閉ざされていた。

僕は施錠された非常階段の前にへたり込む。ジーンズの尻《しり》に湿気《しけ》った砂利が嚙《か》みつき、肌に冷たさが伝わった。

膝を抱えて座り込む。何処にいてもケガレから逃げる術《すべ》はない。それでも、独りで家にいるのは耐えられなかった。

車の走行音とハイヒールの足音が少しだけ自分を安堵《あんど》させる。きっと大丈夫だ。朝になれば巽が来て、ハガシの下に連れて行ってくれて、ケガレを倒してくれる。

恐ろしい夜は今だけで終わりだ。

いつの間にか眠り込んでいたらしい。

膝に乗せた顎《あご》が落ちて目が覚めるのと、誰かの気配を感じた。

巽かと思って顔を上げる。薄藍色《あいいろ》の空を背に、マスク姿の痩《や》せたあの男が立っていた。

「何してんだ」

僕は羞恥《しゅうち》で熱くなった顔を隠す。

「何でもいいでしょう……」

「よくねえよ。掃除の邪魔だ」

男はひとつに結んだ髪を払って嫌そうに言う。僕は節々が痛む身体を無理に立ち上がらせた。

「僕のこと尾行してましたよね」

男がマスクの下の火傷痕《やけどあと》を引き攣《つ》らせ、嘲笑《ちょうしょう》を浮かべる。

「見たことか。どうせろくでもないことやってろくでもない目に遭ってるんだろ」

「貴方《あなた》に何がわかるんですか」

徹夜明けのようにぼやけて熱を持った頭が怒りを増幅させる。

「僕だってこんなことになるなんてわかってたらやりませんよ。ただ居場所が欲しかっただけで、そんなに責められることですか」

男は骨張った肩を竦《すく》めた。

「居場所ならあるだろ。今そこに座ってた。他人なんか気にせずにそうしていりゃいいんだよ」

僕は男を見上げる。マスクで隠しきれない火傷を顔に負っていても堂々としていた。こんな風になれたら楽だろうと思うと同時に、彼のように全てを諦《あきら》めることはできないと思った。

「貴方には関係ないですよ。何もしてくれないなら放っておいてください」

「言われなくても放っておく。お前がどんな目に遭おうが関係ない。泣けば誰でも助けてくれると思うなよ。お前のママじゃないからな」

男はずり下がったマスクを再び上げて去って行った。

男の姿が消え、幕が上がるように徐々に陽が昇った。

会館の前に緑色の車が滑り込んだ。運転席から降りた巽が、僕を見て目を見張る。

「こんなに早く来ているとは……お待たせしました」

夜通し座り込んでいたとは言えず、僕は曖昧《あいまい》に頷《うなず》いた。

「いえ、大丈夫です……巽さんこそ仕事は大丈夫ですか？」

「時間が自由になる職場ですから。どうぞ乗ってください」

巽は落ち着いた微笑を浮かべた。

促されるまま助手席に乗ると、冷え切った身体を暖房の温風が包んだ。綺麗《きれい》に手入れされたシートカバーを汚さないように座る。昨日から着たままの自分の服が匂わないか急に不安になった。

巽はハンドルを握り、車を発進させる。ラジオから女子大生の水死体が見つかったニュースが流れてきて、巽は音量を絞った。

「美鳥さんから聞きました。大変でしたね」

「巽さんは美鳥さんの職業のこと知ってるんですか」

「ええ。正直、最初は信じられませんでしたが、今は私の考えの及ばない世界で他人を救っているのだと理解しています」

僕はジーンズについた砂を取り、車内に捨てる訳にもいかず握りしめた。

巽は正面を見据えながら言った。

「穴水くん、私が来る前に誰かと会いましたか？」

僕は少し考えてからあの男を思い出す。

「よく出入りしてる清掃員の、火傷のあるひとに……」

「彼ですか……」

巽は僅《わず》かに眉《まゆ》を顰《ひそ》める。

「あのひとのこと何か知ってるんですか」

「少々問題のある方です。前から読み聞かせ会に参加する子どもやボランティアの学生に近づいて怖がらせたとか。あまり近付かない方がいいかもしれません」

確かに、あの男は僕がケガレに取り憑《つ》かれる直前に現れ、僕を監視していた。何か関わりがあるんだろう。もしかして、読み聞かせ会の子どもたちにおまじないを教えたのもあの男じゃないか。

火傷の男が澱《よど》んだ目で子どもたちに禍々《まがまが》しい図と呪詛《じゅそ》を吹き込む姿を想像して、背筋が寒くなった。

窓外を流れる光景は徐々にビルより街路樹の割合が多くなり、広い道路も舗装されたアスファルトから土色の路面に変わった。

枯れた田畑が左右を流れ、案山子《かかし》や無人販売所が垣間見《かいまみ》える。

二時間近くたって不安になった頃、巽が一軒家の前で車を停めた。

「着きました」

神社か寺を想像していたが、助手席から見えるのは椿の生垣に囲まれた古風な家屋だった。玄関にはとぐろを巻いた水色のホースと、牛乳配達のケースが置いてある。

老夫婦が住んでいそうな家だと思った。

磨《す》りガラスの引戸が開き、中からセーターを纏《まと》った二十代後半の男性が現れた。

昨日テレビ通話で見た日出と何処か似ている。柔和で優しげだが、引き締めた唇が意志が強そうに思えた。

巽が慇懃《いんぎん》に頭を下げた。

「お久しぶりです。こちらがご紹介のあった穴水くんです」

「お久しぶりです、巽さん。穴水くんもよく来たね」

　男は柔らかく微笑んで続けた。

「ハガシの碓氷《うすい》と申します。日出から話は聞いています。ご不安でしょうから早速始めましょうか」

　案内された玄関は樟脳《しょうのう》の香りが満ちていた。廊下には家族写真や小学校の絵画コンクールの表彰状が飾られている。

　これから祓《はら》いを始めるとは思えない、生活感に満ちていた。

　考えを見透かしたように、前を歩く碓氷が言う。

「両親が遺《のこ》した家でね。今は独りで住んでるんだ。お祓いをする場所には見えないだろうけど、安心して」

　巽が僕の顔を覗《のぞ》いて口角を上げた。

「私も以前、碓氷さんの祓いに立ち会ったことがあります。ハガシは場所を選ばないそうで」

　僕は延々と続く廊下を見回した。こんな広い家にひとりで暮らしているのか。

「碓氷さんのご両親は……」

「先立ちました」

短い答えにそれ以上何も聞けなかった。ケガレの起こした事件に巻き込まれたのかもしれない。美鳥と同じく、彼も命懸けで他人を守っているんだろう。

ススキ模様の襖《ふすま》を開けると、広々とした居間があった。部屋をぐるりと囲うように先祖代々の遺影が置かれている。死者たちの視線が降り注ぐようで、僕は目を背けた。

庭は雑草が伸び、錆《さ》びた物干《ものほ》し竿《ざお》と、犬小屋の残骸《ざんがい》らしきものがあった。

「じゃあ、穴水くんはそこに座って。巽さんは少し離れていてください」

碓氷は正座した僕の顔を覗き込み、静かに唸《うな》った。

「これはすごいね」

「すごいって……？」

「最近取り憑かれたって聞いたけど、このケガレは十年来の力を溜《た》めてる」

思わず身を逸《そ》らした僕の肩を碓氷が押さえ込んだ。

「でも、見分けられる段階でよかった。完全にケガレに乗っ取られるとハガシでもわからないんだよ。そうなったら、元の人格は完全に消え失《う》せる」

僕が慄《おのの》く間もなく碓氷は続ける。

「その段階でも見分けられるハガシもいるらしいけど、私はそうじゃない」

「……もしかして、美鳥さんの従兄弟《いとこ》のことですか」

彼は少し驚いてから目を伏せた。

「知ってるのか。そうだよ、彼がいればよかったんだが……とにかく、まだ私の手に負える状況でよかった」

碓氷は仏壇の前に進むと、一本の線香を立てた。重厚な香りの煙が畳を這《は》い、部屋中に満ちる。

「師匠からの受け売りだけど、ハガシは霊媒師や僧侶《そうりょ》と違うと言っても、古来の祓いには学ぶべきところがあると思うんだ。かつて悪霊とされたものの中にはケガレも混じっていただろうからね」

僕は煙を掻《か》き分けるようにこちらへ戻ってくる碓氷の所作を見守る。奥で正座する巽の姿が霞《かす》んで見えた。

碓氷は僕の顔に手を翳《かざ》す。

「穴水くん、ここに来る前にひとが死んだ場所や動物の死体とか触らなかったね？」

「はい……」

「じゃあ、やるよ」

彼が僕の前に膝《ひざ》をつく。煤《すす》けたレースのカーテンの向こうを鳥の影が横切った。

線香の匂いが鼻腔《びこう》を刺し、脳を重く満たす。碓氷は僕を見下ろし、静かに唇を動かした。

「あはりや、あそばすと申さぬ……」

僕は畳に手をついて後退《あとずさ》りする。ささくれたいぐさが手の平に刺さった。それはおまじないの言葉じゃないか。

碓氷は先程とは違う鋭い視線で僕を牽制《けんせい》しつつ、唇を動かすのをやめなかった。巽は揺蕩《たゆた》う煙に巻かれながら変わらぬ微笑を浮かべている。

おまじないの謳うような音階が低く高く響き、碓氷は口元を引き締めた。

「今唱えたのは昇祝詞《のりと》というんだ。穴水くんに取り憑いたケガレは、降祝詞を改変したおまじないを媒介にしていたからね。その逆で、穴水くんの身体から出て行ってくれるようお願いしたんだ」

「もうケガレは出て行ったんですか？」

「いや、まだだ」

碓氷は再び僕の肩に手を置いた。両肩に重みがかかり、身体が畳に沈み込む錯覚を覚える。彼は子どもに言い聞かせるように囁《ささや》いた。

「穴水くんの中は居心地がよかっただろ。君らは優しいひとが好きだからな」

僕は碓氷を見返す。彼の瞳《ひとみ》には引き攣《つ》った僕の顔が映っていたが、視線は僕を透かして身体の奥底の何かを見据えていた。

「寂しかったな。誰にも見つけてもらえなくて。やっと見てくれるひとに会えたんだもんな」

う、く、と喉《のど》から絞り出すような声がひとりでに漏れた。頭の中で赤ん坊の泣き声が響いた。

金属を擦り合わせるような甲高い、厭《いや》な声じゃない。寂しくて泣き出した、ただの子どもの嗚咽《おえつ》だった。

「穴水くんの身体で動けて楽しかったか。たくさんのひとと話せて嬉《うれ》しかったか。それができなくなって悔しかっただろ。彼も同じ気持ちだったんだぞ」

僕の頰を生温かい指がなぞったような気がした。いつの間にか自分が泣いていることに気づく。僕の中のケガレが泣いているんだ。

真っ黒な赤ん坊が身を捩《よじ》って啜《すす》り泣いているのがわかる。恐ろしく、憎かったケガレが初めて可哀想に思えた。

こいつは僕と同じだ。誰かと触れ合って生きてみたかった。だから、僕に取り憑《つ》いたんだ。

碓氷は諭すように続ける。

「返してやりなさい。そこは君のいていい場所じゃない」

碓氷の手がぬかるむ土に触れたように、僕の肩にずぶりと押し込まれる。不思議と不快感はない。手の平の温かさが身体の奥まで染み渡るようだ。

碓氷の腕が肘《ひじ》まで僕の身体に沈み込む。僕の心臓の下で彼がそっと手を広げたのがわかった。

汚泥を掬《すく》うように翻った手の平には、黒い赤ん坊が載っていた。

赤ん坊が碓氷の手に縋《すが》りつき、碓氷は優しく抱き止める。もう泣き声は聞こえない。

碓氷の手は上を目指し、僕の両肩から徐々に引き出された。僕の胸から黒い半円が覗いた。あの赤ん坊の頭だ。怖いとも、有り得ないとも思わなかった。

シャツの胸を突いて現れた赤ん坊の顔に皺《しわ》が寄る。きゅるると笑ったような気がした。

身体がすうっと軽くなった。

我に返ると、線香は燃え尽き、仏壇の線香皿に蛆虫《うじむし》のような灰が載っていた。煙は空調の風に押し流され、微《かす》かな香りだけが残っていた。

碓氷が疲労困憊《こんぱい》の表情で畳に手をついた。巽が彼に駆け寄って支える。

碓氷は頭から水をかぶったように汗だくで、息を切らせていた。

「穴水くん、どうかな……」

僕は涙で濡《ぬ》れた顔を擦《さす》り、自分の胸に手を当てる。何の違和感もない。

「大丈夫、みたいです……」

「それはよかった」

遅れて、助かったのだと実感が湧いた。もう何も怯《おび》えなくていい。自分の身体と人生が自分のものになったのだ。自然と笑みが漏れたのは何日ぶりだろう。無理やり筋肉を吊《つ》られたような笑いじゃない。自分の笑顔だ。

僕は屈《かが》み込んでいる碓氷よりも深く身を折り、畳に額をつけた。

「碓氷さん、巽さん、本当にありがとうございました」

碓氷は疲れ果てた顔で微笑んだ。


帰り際、碓氷は僕に小さな小豆色の御守りを手渡した。

「気休め程度のものだけど持っていってほしい。ケガレは一度逃した者に執着するからね。あれはまだ未熟で、素直に出ていってくれたから大丈夫だとは思うが」

また恐怖で胸が締めつけられた。まだ完全に終わった訳ではないのだ。それでも、真剣な眼差《まなざ》しで僕を見送る碓氷の方がずっと怖い思いをしてきたのだと思うと、折れてはいけないと思えた。

僕は何度も礼を言ってから巽の車に乗り込んだ。

思ったより時間が経っていたようで夕焼けの空が古風な家や赤く染まった生垣を押し潰《つぶ》すように垂れていた。

巽は車を走らせながら言った。

「とにかく、間に合ってよかったです」

「巽さんもありがとうございました」

「いえ、私にも責任の一端はありますから。子どもたちの間に流行《はや》っているおまじないでこんなことになるなんて……」

そうだ、あのおまじないは巽が連れてきた少女から教わったのだ。子どもたちにもケガレが訪れる危険はないのだろうか。

「巽さんのせいじゃないですよ。それより、あの子たちの周りでも変なことは起こっていませんか？」

「はい、今のところは。美鳥さんからも何も聞いていません」

巽は目尻《めじり》に皺を寄せた。

「穴水くんは優しいですね。私を責めもせず、真っ先に他人を気遣うなんて」

「そんなことないですよ……」

巽は赤信号で車を止め、ハンドルにもたれかかった。

「碓氷さんの祓《はら》いには以前立ち会ったことがありましてね。彼なら穴水くんを任せられると思ったんです。彼も優しい方だから」

車窓を埋め尽くす茜色《あかねいろ》の雲海を見ながら、僕も優しく強くなりたいと思った。自分を守るためのごまかしじゃなく、今度こそまともに生きようと。

巽に送られて家に帰ると、自室のドアの取っ手に白いビニール袋がかかっていた。

不審に思いつつ手をかけると、中からおにぎりや経口補水液、ゼリー、レトルトのお粥《かゆ》が零《こぼ》れ落ちた。たくさんの食材の中にノートの切れ端が入っている。ボールペンの走り書きが残されていた。

「健へ

ごめん、美鳥さんに聞いて家教えてもらった。落ち着いたら連絡して

恵斗」

折内だ。僕はあんな突っぱね方をしたのに、あれから心配して訪ねてくれたんだ。また泣きたくなった。

僕は袋を抱えて玄関に飛び込み、冷たいタイルの上に座って、折内がくれたものを片っ端から頬張った。生きていていいと言われたような気がした。

米粒やゼリーでベトベトになった手を洗いに洗面所に向かう。鏡に映る僕は、本物の僕だ。

僕は丁寧に手を洗い流してから、スマートフォンを開いた。母や美鳥からのメッセージや大学のゼミの知らせも大量に溜《た》まっている。

だが、まずは折内に詫《わ》びと礼を伝えたかった。僕は緊張を堪《こら》えつつ電話を鳴らす。もう夜も遅い。出てくれるだろうか。

三コールで折内が出た。

「健？　もう大丈夫かよ！」

いつもと変わらない明るい声だった。

「大丈夫。心配かけてごめん。ありがとう」

「あれから美鳥さんとかに片っ端から連絡してさ、詳しく言えないけど大変なことに巻き込まれてるっていうからさ」

「うん、ちょっといろいろあって……」

折内は軽い口調で続ける。

「あのさ、きもいことしてごめんな。勝手に家行くとかストーカーかよって感じだよな」

「全然そんなことないよ。助かった。僕の方こそごめん」

折内が唇を舐《な》める音が聞こえ、少し間を開けてバツが悪そうな声が響いた。

「……更にきもいこと話していい？」

「きもくないよ」

僕が苦笑すると、折内もつられて笑う。

「前、高校の同級生が自殺したって話したじゃん。おれその子と仲良くてさ、ていうか、好きだったんだよね」

「彼女だった？」

「いや全然！　頭いいし可愛いし、おれとか相手にされないって」

折内はひとしりき笑ってから静かな声を出した。

「その子、昔いじめられてたり、変な奴に付き纏《まと》われてるとかで相当参ってたらしくて。結局新聞にも載るような酷《ひど》い死に方しちゃったんだよ。おれ全然気づけなくてさ」

僕は何と声をかけていいかわからなかった。折内は独り言のように呟《つぶや》いた。

「だから、二度と同じこと繰り返したくねえんだ。勝手だし、頼りないかもしれないけど、健も悩んでるなら言ってほしい」

「ありがとう……今度はちゃんと連絡するよ」

「絶対だからな！」

折内はそう言って電話を切った。

夜の闇が部屋を満たす。もう怖くはなかった。明日《あした》への希望があった。朝になったら大学に行って、みんなとちゃんとやり直して、美鳥にも礼を言おう。

悪夢に怯えずに寝られることがこんなに嬉《うれ》しいとは思わなかった。

チャイムの音で目が覚めた。

開けっぱなしのカーテンから光の矢が射してくる。既に日は高く昇っていた。

勧誘か何かだと思って放っておいたが、チャイムは等間隔で鳴り続けている。折内かもしれない。

僕は眠い目を擦《こす》って玄関に向かい、ドアを開けた。

目の前にいたのは見たことのない男女だった。ドアの前に立ちはだかる男性は大柄でよく日焼けしていた。鋭い視線と服の上からでもわかる筋肉に威圧される。彼の後ろにいるのは髪をひとつにまとめた、冷たい印象の女性だった。

「どちら様でしょうか……」

手前の男性は戸惑う僕に一礼し、かっちりと着込んだスーツから黒い手帳を取り出す。

「警視庁から参りました。捜査一課の切間《きるま》と申します」

ドラマでしか見たことのない警察手帳だった。

「穴水さん、大鹿奈々《なな》さんのご学友ですね。彼女が亡くなったときのことについてお伺いしたく、お時間いただけますか」

目の前が真っ暗になった。


「大鹿さんが、亡くなった？　どうして……嘘ですよね？」

刑事が嘘をつくはずがないことくらいわかっているが、信じられなかった。女性は僅《わず》かに眉《まゆ》を顰《ひそ》めた。

「神田川で発見された遺体の身元が判明したと昨夜のニュースで報道されましたが、ご覧になりませんでしたか」

「見てません。昨日はずっと出かけていて……」

足元から崩れ落ちそうになった僕を切間が支える。

「大丈夫ですか」

全身が震え、手足から熱が奪われていく。胃の奥まで痙攣《けいれん》して吐きそうだった。僕は刑事の腕にぶら下がるようにしてへたり込む。彼は厳格そうな顔に同情の色を見せた。

「胸中お察しします。無理にとは言いません。少しだけお話を伺えますか」

僕は必死で頷《うなず》いた。

「大鹿さんの死亡推定時刻は先週の土曜日、二十一時から二十三時の間です」

傍の女性が口を挟んだ。

「彼女の所持品から当日の十八時から九十分間上映された映画の半券が発見されました。スマートフォンの履歴を調べた結果、貴方《あなた》が同席していました」

「穐津《あきつ》、まだそこまで言わなくていい。彼の気持ちを考えろ」

切間が嗜《たしな》めるように視線を送ると、彼女は気まずそうに俯《うつむ》いた。

僕がケガレに乗っ取られていた最中、大鹿と映画に行く予定を取り付けていた。スマートフォンのメッセージの履歴が脳裏に蘇《よみがえ》る。

大鹿はノートを貸したときや古本市に行った後、必ず律儀にお礼の言葉を送ってくれた。履歴に残っていたのは、待ち合わせの確認が最後だった。彼女はあれから家に帰っていないんだ。

　僕が、大鹿を殺した。

「大鹿さんとお会いした後はどうなさったか覚えていますか」

　僕がやった。そう言おうと思った瞬間、脳内で勝ち誇ったような赤ん坊の泣き声が響いた。

　僕の身体がひとりでに立ち上がる。ふたりの刑事が僕を慎重に眺めた。

「穴水さん？」

「……あの日は一緒に夕食を取った後、急に体調が悪くなって、先に帰ったんです」

　僕の喉《のど》から勝手に言葉が出る。こんなことを言おうとしているんじゃないのに。

「証明できる方はいますか？」

「ふたりきりの帰り道のことでしたから難しいと思います。ただ、翌日のボランティアも体調不良で早退したことなら友人が証明してくれると思います」

「そうですか……」

「僕がちゃんと見送っていればこんなことにはならなかったのに」

「ご自分を責めないでください」

　切間が眉を下げて答える。僕は口元を押さえてかぶりを振った。手の平の下の唇は、笑っていた。

「必ず犯人を見つけてください。このままじゃ大鹿さんが可哀想だ。何も悪いことなんてしてないのに……」

僕の言葉にふたりの刑事が頷く。

「捜査に尽力します。お気づきのことがあればご連絡を」

彼らが一礼して去った。

待ってくれ。行かないでくれ。伸ばした僕の手には黒い煤《すす》が纏《まと》わりついていた。叫び声も出なかった。ケガレは碓氷が祓《はら》ってくれたんじゃなかったのか。甲高い笑い声が頭を揺らす。視界の隅に現れた黒い塵《ちり》が僕目がけて集まってくる。祓えていなかったんだ。ケガレは消えたふりをして、狡猾《こうかつ》に僕の中に潜んでいたんだ。

僕の右手が勝手にスマートフォンを持ち上げた。左手で押さえたが、物凄《ものすご》い力で撥《は》ね除《の》けられる。ゴミ袋を持った老人が角部屋から現れ、ひとりで格闘する僕を怪訝《けげん》な目で見て去った。

右手は僕に見せつけるようにスマートフォンの液晶画面を傾ける。僕はぶるぶる震えながら満面の笑みを浮かべていた。

指先が意思に反してロックを外し、トークアプリを開く。暁山美鳥の文字が目の前に現れた。

何をする気だ。僕は通話ボタンを押し、スマートフォンを耳に押し当てる。冷たい液晶画面が頬を打った。

美鳥が張り詰めた声で電話に出た。

「穴水くん、どうかした？」

「碓氷さんのお陰でケガレはいなくなりました。もう大丈夫です」

僕は明るい声で答える。僕じゃない、今喋《しゃべ》ってるのはケガレなんだ。どうか気づいてくれ。

僕の祈りに反して、美鳥は安堵《あんど》の溜息《ためいき》をついた。

「よかった。本当によかったよ。今朝京都から帰ってきたところでね。結局日出さんに断られちゃったから、これで祓えなかったらどうしようかと思ってたんだ」

「ご心配おかけしました。美鳥さんには感謝してもしきれないくらいです」

「堅苦しいこと言わないでよ。困ったときはお互い様でしょ」

電話の向こうの美鳥が洟《はな》を啜《すす》る。絶望が耳朶《じだ》を伝って脳内を満たした。

僕の唇が言葉を紡ぎ出す。

「前に言った通り、改めて呑《の》みに誘わせてくれませんか。祝勝会ということで」

やめろと叫んだはずの喉から声は出なかった。

「いいね。いつ空いてる？」

「今からじゃ駄目ですか」

「今？　まだ朝っぱらだよ。私はいいけど……」

「お店が開くまで僕の家でも構いませんから。話したいことがたくさんあるんです」

美鳥はくすりと笑った。

「本当に行っちゃうよ？　お酒もおつまみも持って行くからね？」

「僕も用意しておきます。じゃあ、待ってますね」

電話が切れた。

僕の身体は一仕事終えたように伸びをした。僕は両手を見下ろし、動作を確認するように指先を動かす。最悪の事態を想像した。

僕は踵《きびす》を返し、自分の部屋に戻って扉を閉める。足はキッチンに向かい、冷蔵庫や流し台の下の収納スペースの扉を開け、中身を確かめる。

このままじゃ駄目だ。心音が身体の中で反響する。考えろ。ケガレを追い出す方法を。奴らは痛みに弱い。

僕は必死の思いで身を捻《よじ》り、爪先を冷蔵庫の角にぶつけた。ぎゃんと赤ん坊の悲鳴が響く。

身体が思い通りに動いた。全身から汗が噴き出す。どうすればいい。

もうすぐ美鳥が来る。直接見たら僕が乗っ取られたことに気づいてくれるかもしれない。でも、碓氷は、ケガレに完全に乗っ取られた人間はハガシでも見分けられないと言っていた。

考えろ。今僕に何ができる。

僕は痺《しび》れる手でスマートフォンを握った。美鳥に改めて電話しようと思った瞬間、脳を齧《かじ》られたような鈍痛が走った。

僕は呻《うめ》いてフローリングに倒れ込む。がじがじと乳歯で頭に噛《か》みつかれるような痛みが染み渡った。

指先が美鳥の名の真下にあったトーク履歴に触れる。コール音が床を振動させた。

「健？」

折内の声だった。僕はのたうち回りながらスマートフォンに這《は》い寄る。

「もしもーし、おれだけど。間違い電話？」

僕は痛みを堪《こら》えながら声を振り絞った。

「美鳥さんを、来させちゃ駄目だ！」

「何？　美鳥さんがどうしたって？」

僕は勝手に暴れる足を思い切り床に打ち付ける。机からポットが転げ落ちて僕の前で跳ねた。

「美鳥さんが危ない。警視庁の、捜査一課の、切間さんに連絡して。頼むから、このままじゃ……」

僕の腕がポットを摑《つか》み、スマートフォンに叩《たた》きつけた。液晶画面のガラスが砕け散り、破片が散らばった。

意識が遠のきかけたとき、チャイムの音が鳴った。

僕は「はい」と返事して起き上がった。

身体が勝手に動く。指一本も思い通りにならない。

僕は流し台の下の扉を開けた。百円ショップで買った、殆《ほとん》ど使っていない包丁の柄が目に入った。

やめろ。やめてくれ。僕はケガレに懇願する。僕の身体を奪ってもいい。他のひとを殺すのだけはもうやめてくれ。

ケガレは嘲笑《あざわら》うように包丁を抜き取り、刃《やいば》に映る僕の笑顔を見せつけた。

僕は包丁を握りしめ、大股《おおまた》で廊下を進む。チャイムの音が響いている。

僕は扉を開けると同時に包丁を突き出した。

柔らかい肉の感触と、刃先を阻む硬い骨の感触が同時に伝わる。少し遅れて、生温かい指が僕の手を包むように、血がプラスティックの柄を濡《ぬ》らした。

毛玉のついたトレーナーの腹に赤い染みが広がる。僕が包丁を抜くと、美鳥は頭から廊下に倒れた。

声にならない叫びが僕の喉の奥でこだました。

「ちくしょう、やっぱり……」

美鳥が歯を食いしばって呻く。白い歯の間から赤い血が滴り落ちた。

赤ん坊が刃物を擦り合わせるような声で笑う。意識が黒く塗り潰《つぶ》される。

霞《かす》む視界の中で、美鳥は腹を押さえて言った。

「穴水くん、大、丈夫……大丈夫だからね……早まらないで……私、の従兄弟《いとこ》に……ゆき……」

美鳥がくぐもった咳《せき》をして、粉のような血を吐いた。弱々しく上下する胸まで赤い染みが広がっている。

僕が刺したのに、人殺しなのに、自分が死にかけてまで僕を案じてくれるのか。

遠くからサイレンの音が響いた。アパートの駐車場からこちらへ駆けてくる人影が見える。茶色く染めた髪を汗で張りつかせ、息を切らせて走っている。折内だ。

僕の身体は彼の方を向き、包丁を握りしめる。もうこれ以上繰り返さない。

折内が僕に気づいて顔を上げる。彼が僕の名前を呼んだ。

僕は全身の力を込めて右手を捻り、自分の太腿《ふともも》を突き刺した。焼けた鉄をねじ込まれたような熱と共に視界が晴れる。

身体が自由になる時間はほんの一瞬だ。

僕は包丁を投げ捨て、鉄棒に乗るように外廊下の手すりを握り、力を込める。

背後で美鳥の声が聞こえた。

「駄目だよ……穴水くん……」

優しい響きに涙が込み上げた。僕がこうなったことを知ったら母はどう思うだろう。折内や、巽も、きっと傷つく。

僕は首を振った。大鹿にも同じように大事なひとがいた。美鳥だってそうだ。それを奪ったのは僕だ。

僕は自分で無理やり笑みを作り、美鳥を振り返る。

「ごめんなさい」

真下の折内が僕を見上げて何か叫ぶ。また彼に辛《つら》い思いをさせてしまうことが気掛かりだった。

僕は手すりから身を乗り出し、そのまま足を宙に投げ出した。

頭の中の黒い赤ん坊が嫌がるように身を捩《よじ》った。いやいやと駄々を捏《こ》ねるように泣く。

お前だけは何としてでも道連れにしてやる。

重力が僕の身体を包み、落下に合わせて上下の景色が激しく切り替わった。赤ん坊が吠《ほ》えた。

ざまあみろと思った。

第三部　折内恵斗

怖い話なんて、不幸な奴の慰めだと思っていた。

普通はそうだろう。

死ぬのは怖いし、他人が死ぬのだって嫌だ。作り話でもわざわざ嫌な気分になりたくない。心霊スポットの一言で片付けられている場所だって、元はおれたちと同じように生きていたひとが死んだ場所だ。面白がる気にはなれない。

だから、健が怪談が好きだと知ったときは上手《うま》くやっていけるか少し不安だった。でも、付き合っていくうちに、案外ノリが良くて優しくていい奴だとわかった。変わりたいと思っていたと聞いて応援したくなった。

健が抱えている問題が何なのか見当もつかなかったけれど、少しでも力になれればいいと思った。

それが、何故こうなった？

パトカーのサイレンが鳴り響いている。

おれはブロック塀で囲まれた住宅街を必死に走った。陸上部では県大会にも行ったのに、煙草を始めてから息切れが早くなった。格好つけて吸い始めた自分が恨めしい。

サイレンに急《せ》き立てられるように角を曲がると、健のアパートが見えた。二階の廊下の錆《さ》びついた手すりから健が身を乗り出している。晴れた空の日差しと相まって、鉄棒にぶら下がる子どものように見えた。

健の足元には赤い水が溜《た》まっている。手すりの柵《さく》の下から雫《しずく》が一滴ずつ落ちていた。

嫌な予感がした。

「健！」

おれの声に気づいた健がこちらを向いた。泣きながら顔面を震わせて笑顔を作っていた。

駄目だ、やめろ、何する気だよ。言葉が肺の奥に張りついて出てこない。

健は鉄棒で前回りをするように腹を手すりに押し付け、手を離した。空中に投げ出された健の影が駐車場に広がり、徐々に大きくなる。

肉が潰れる音は、ぐしゃりという映画の中の効果音とは違い、硬いものを噛《か》み砕いて歯が折れたような音だった。

アスファルトの凹凸に赤く弾力のある液体が嚙みつき、じくじくと染み渡っていく。

目の前が霞んだ。一面に広がる赤の中で転がる健の手だけが白い。

頭を両手で摑《つか》まれて、頭蓋《ずがい》を真っ二つに破られるような頭痛が響いた。封印していた記憶がごりごりとこじ開けられる。

同じ光景を見たことがある。血溜まりの中に倒れる誰かを。

おれは叫び続けて、肺の中の息を全て絞り出し、頭から倒れ込んだ。

「折内恵斗さんですね」

気がつくと、おれの前に黒い脚が並んでいた。

青白い闇と非常灯の緑、消毒液の匂い。病院の待合室だ。

スーツを着た男女が、長椅子に横たわるおれを見下ろしていた。おれは返事をしてから慌てて身を起こす。長椅子のビニール革が頬に貼りついていて、剝《は》がすときにひりついた。

スーツの男はドラマでしか見たことがない警察手帳を取り出す。

「捜査一課の切間と申します」

健が言っていた刑事だ。電話での切羽詰まった声が蘇《よみがえ》る。おれは刑事の袖《そで》に縋《すが》りついた。

「健は、美鳥さんは、どうなったんですか」

「落ち着いてください」

切間は日に焼けたいかつい顔に苦しげな表情を浮かべた。背後にいた女が首を振る。

「おふたりとも危険な状態です。穴水さんは特に。暁山さんも刺傷が肺にまで届いています」

頭が鉄球のように重くなった。切間がそっとおれの手を振り解《ほど》き、励ますように肩に触れる。

「ご心痛はお察しします。ご無理のない範囲で状況を伺えますか」

おれは震えを堪《こら》えて口を開く。

「すいません。何もわからないです。健から通報しろって電話が来て、やばいと思って走って行ったら……」

骨と肉がアスファルトを削る音が脳裏に反響し、喉《のど》から胃液が迫《せ》り上がった。

女の刑事が表情の読み取れない顔で言う。

「穴水さんは自宅に暁山さんを誘《おび》き寄せ、腹部を刺し、自殺を図りました。彼には同学の女子学生の殺害容疑も……」

「まだ言うな。混乱しているだろう」

切間が牽制《けんせい》するような視線を向け、おれに向き直る。

「折内さんおふたりとは交流があったと聞きます。何かご存知ですか」

「わかりません。でも……」

混乱する頭を回し、言葉を紡ぐ。

「健はそんなことするような奴じゃないんです」

刑事ふたりの顔に哀れみと呆《あき》れが滲《にじ》んだ。聞き飽きたありきたりな言葉だったんだろう。自分でもわかっている。でも、本当に違うんだ。

それ以上は言葉が詰まって出てこなかった。

刑事たちはおれに励ましの言葉を告げ、一礼して去った。ふたりの声が廊下に反響する。

「痴情のもつれでしょうか」

「現段階では何とも言えない。お前も迂闊《うかつ》なことは言うな」

刑事たちの後ろを白衣の集団が駆け抜けていった。リノリウムの床を靴底が擦《こす》る音が遠のいていく。

静かな闇が重くのしかかってきた。

健が大鹿を殺して、美鳥を刺した。

否定しようとすればするほど、理性が反論する。最近の健はどこかおかしかった。巽と美鳥が何とかしようと駆け回っていたようだが、詳しいことは聞けなかった。もっと、ちゃんと向き合っていれば。

本当にそうか？

明滅する非常灯が唸《うな》りを上げる。

小学生のとき、おれが忘れている何かが起こった。高校生のときは籠原が家族を殺して自殺した。そして、今。

おれの周りではひとが死ぬ。普通じゃありえないような方法で。

おれは頭《かぶり》を振って、疑念を押し退けた。

暗闇に、昨夜の電話の健の声が蘇る。涙声で礼と詫《わ》びを繰り返すあいつは、最初に会ったときの印象と同じで、不器用だけど優しかった。

「あれが全部嘘だったたっていうのかよ……」

ジーンズのポケットから何かが落下し、長椅子に転がった。御守りだ。紫色の麻の葉模様が描かれた縮緬《ちりめん》は、下半分が赤黒く染まっていた。

混乱で飛びかけていた記憶が徐々に形を取り戻す。

アスファルトに叩《たた》きつけられた健のそばに転がっていた御守りだ。

俺は無意識にそれを摑んで握りしめていた。日の当たる駐車場で、長方形に引かれた白線の中に健の血が広がっていた。陽光が首筋を啄《ついば》むように照りつけた。

目の前に救急車が滑り込み、隊員が錆びついた階段を駆け上がっていった。

担架に乗せられた血塗《ちまみ》れの美鳥が降りてきて、おれは知らないうちに駆け寄っていた。

美鳥の顔は漆喰《しっくい》壁のように白く、生きた人間とは思えなかった。浅い呼吸の度に酸素マスクの内側が曇り、辛うじて死んでないことがわかった。止血用のテープの下から腹の傷が柘榴《ざくろ》のように割れ、てらてらと光る血が溢《あふ》れていた。

衝撃で視界が歪《ゆが》み、意識が遠のきかける。

美鳥の虚《うつろ》な目がおれを捉《とら》えた。赤いペンキを塗ったような胸が上下する。

「折内くん……私の、従兄弟《いとこ》を、呼んで……ゆき……」

苦しいのか、美鳥は震える手で酸素マスクを指し、口の周りに円を描くような動作をした。

救急隊員に促されて同乗したが、美鳥はそれきり目を閉じて動かなくなった。

病院の底冷えするような寒気が脚を這《は》い上がる。

美鳥から従兄弟の話を聞いたのは初めてだ。早くしないと手遅れになるかもしれないのに、おれは彼の連絡先どころか名前も知らない。巽ならわかるだろうか。

スマートフォンを取り出そうとすると、鉄錆《てつさび》の臭いがした。爪の間に乾燥した血が入り込んでいる。

おれは血染めの御守りを握りしめた。

視界の端を黒い靄《もや》が過《よ》ぎったような気がした。

救急車の赤いライトが反射する自動ドアをくぐって病院を出ると、外は真っ暗だった。

街路樹も、花壇のレンガも、駐車場に並ぶ車も、真新しい墨を塗ったように黒く沈んでいる。

白い息を吐いて踏み出すと、人影が見えた。

マスクをして腕をギプスで吊《つ》っていたから、外出していた入院患者かと思った。暗がりに目が慣れると、マスクの端から覗《のぞ》く爛《ただ》れた火傷痕《やけどあと》が見えた。

読み聞かせ会で利用している施設にいた男だ。

ガラス窓に張りつくように子どもたちを睨《にら》んでいた彼の視線が蘇る。あのとき、率先して健が問いただしてくれたことを思い出し、胸の底をスプーンで抉《えぐ》られたような痛みが走った。

男は闇から滲み出すようにこちらに近づいてきた。

濃いクマが刻まれた目がおれを睨みつける。視線は手と太腿《ふともも》の血痕《けつこん》に注がれていた。

おれは咄嗟《とつさ》に作り笑いを浮かべる。

「偶然すね。どうかしたんですか、こんな遅くに……」

「怪我人が病院に来ちゃ悪いのか。保険料も収めてる」

鉄を弾《はじ》いたような冷たく硬い声だった。男はおれの傍を擦り抜けて、緊急外来の扉の向こうに消えていった。

友だちがひとを刺して飛び降りても、日常は続く。

大学の最寄駅はいつも通りひとがごった返し、十一月の澄んだ陽光がプラットホームを輝かせていた。大学の前をパトカーが包囲する光景を想像していたが、道のりは何も変わらず、眠そうな顔の学生が歩いているだけだった。

洗っても、洗っても、爪の間に入り込んだ血が取れない。

一日ぶりにスマートフォンを開くと、休講の知らせが届いていた。

講堂と部室棟の間に隠すように設置されたフェンスを潜り、喫煙所に向かう。洗いざらしのジーンズに似たベンチに腰掛け、煙草の箱を逆さにしながら、どうしようかと思った。

ゼミやサークルの仲間にはもう事件のことが伝わっているだろうか。聞かれたらまともに答えられる自信がない。

まだ一限も始まっていないのに、喫煙所はやけに黒く汚れていた。何の気なしに手をついたベンチも煤《すす》まみれだ。手で払うと、意思を持ったように指先に纏《まと》わりついてくる。

シャツで拭《ぬぐ》おうとしたとき、背後から声が降りかかった。

「何やってんの？」

小島がまじまじとおれを見つめていた。

「いや、煤がやばくて……」

「何もないけど」

改めてベンチを見ると、黒い汚れは消え去り、誰かが貼りつけたガムがへばりついているだけだった。

小島はおれの隣に腰を下ろす。

「恵斗、顔死んでるよ」

「あんま寝てなくって……」

おれは顔を擦《さす》る。指の間から差し込む日差しが目を射貫《いぬ》いて痛んだ。

小島は咥《くわ》え煙草でフェイクファーがついた上着のポケットを探った。

「穴水の話、聞いた？　やばいよな。知り合いがニュースに出たの初めてだよ。教授のところにも警察来たって」

おれが曖昧《あいまい》に頷《うなず》くと、小島は嘲《あざけ》るように鼻を鳴らした。

「でも、正直いつかやると思ってましたってやつだよな」

「何が？」

「穴水って一年の頃わかりやすく陰キャだったんだよ。それが最近急にキャラ変わってさ。無理しすぎっていうか、やばい薬でもやってたんじゃないの？　だって……」

気づいたときにはもう、小島の上着の胸倉を摑《つか》んでいた。

「健はそんな奴じゃねえよ！」

怒鳴りつけてから、喫煙所に反響する自分の声に驚く。小島の瞳《ひとみ》は石を投げ入れた水面《みなも》のように震えて、おれの顔が歪んで映っていた。

ジャケットのフードについたファーが手の甲を柔らかく撫《な》でる。おれは慌てて手を離した。

「悪い……」

小島は平静を装いながら引き攣《つ》った笑みを浮かべた。

「俺もごめんな。最近、恵斗が穴水と仲良かったの忘れてた」

「いや、マジでごめん。ちょっとおれ今おかしくなってて」

「何かあった？」

おれは唾液《だえき》で湿った煙草のフィルターを噛《か》む。健の様子がおかしいのは気づいていた。実際体調も悪くて数日休んでいたくらいだ。否定しようとすればするほど、小島の言葉が真実らしく響いてくる。

スマートフォンの通知音が響いた。

巽からだ。昨日、美鳥に告げられた従兄弟の所在を尋ねたのを忘れていた。おれは腰を上げる。

「……用事できたから今日サボるわ。本当ごめんな」

小島は気遣ってくれたが、顔には動揺がありありと浮かんでいた。瞳に映ったおれは、読み聞かせボランティアから逃げ出したときの健とよく似た表情をしていた。

電車を乗り継ぎ、ことりの家に向かった。

会館の内部は仄暗《ほのぐら》く、静寂が満ちている。廊下のホワイトボードに記された部屋の貸し出し記録には、挿花教室の文字があった。

冷え切った廊下の隅から老女たちの声が断片的に聞こえる。子どもたちの賑《にぎ》やかさとは大違いだ。

健や美鳥があんなことになった今、読み聞かせの会はどうなるのだろう。

あそこは傷ついた子どもたちの居場所だ。事件のニュースを聞いてトラウマが蘇《よみがえ》った子もいるかもしれない。

そう思ったとき、突き刺すような頭痛が走った。赤黒い泉のような血痕。教室にこだまする悲鳴。

胃の底から何かが這い上がってくるような痛みで息が詰まる。記憶の蓋《ふた》が徐々にずれて中から黒いものが滲《にじ》み出す。

おれは柱に縋《すが》り、浅い呼吸を繰り返して何とか息を整えた。上着を貫通する冷たい風が、噴き出した汗を冷やして体温を奪った。

遠のきかける意識を繋《つな》ぎ止め、一歩踏み出したとき、巽の姿が見えた。

巽は廊下の長椅子に腰掛け、隣に座るよう促した。腿《もも》に張り付く合皮の感触に、昨夜の病院を思い出した。

差し出されたペットボトルの茶を礼を言って受け取ると、巽は暗い声で切り出した。

「美鳥さんの従兄弟《いとこ》はまだ見つかっていません。お力になれず申し訳ない」

「全然、おれの方こそ急にすみません」

巽は沈鬱《ちんうつ》に首を振る。

「穴水くんと美鳥さんのこと、何と言ったらいいか……」

「おれもまだ信じられないです」

「どうか思い詰めないように。折内くんのせいではありませんから」

おれは頷き、温《ぬる》い茶を喉《のど》に流し込む。上着にペットボトルを押し込もうとして、ポケットの中の御守りが転げ落ちた。

「それは？」

「健が落としたんです。咄嗟に拾っちゃって……」

縮緬《ちりめん》に染み込んだ血は渋茶色に変色していた。巽は御守りをじっと見つめてから目を伏せた。

「折内くんが持っていてください。穴水くんが目覚めたときに渡してあげられるように」

脳裏に形見という言葉が浮かび、必死で打ち消した。健はまだ助かるはずだ。でも、目覚めたらおれはどうすればいいんだろう。ふたりも殺したかもしれない人間と向き合うことができるだろうか。

おれは御守りを握りしめた。

「巽さん、健と美鳥さんに何があったか知ってますか」

巽は言いづらそうに口を動かす。

「信じてもらえるかはわかりませんが、美鳥さんが霊媒師のようなことをしているのはご存知ですか？」

「冗談じゃないんですか」

「言葉の綾《あや》です。人間、カウンセリングや医療ではどうにもならない問題がありますから」

「じゃあ、健は幽霊か何かに取り憑《つ》かれて悩んでたってことですか」

巽は何も言わなかった。

挿花教室から品のいい老女の声が漏れてくる。四季の花の解説が、騒音で断ち切られた。

廊下の隅から銀色のゴミ箱の蓋が転げて壁にぶつかる。銅鑼《どら》を叩《たた》いたような音が反響した。

駆け寄ろうと腰を浮かして、思わず怯《ひる》んだ。

廊下の角から現れたのは、腕を三角巾《さんかくきん》で吊《つ》ったマスクの男だった。

男は転がる蓋を踏みつけて動きを止めると、煩わしげに片手でゴミ箱を引き摺《ず》っていった。

「折内くん？」

巽がおれを見上げている。おれはかぶりを振った。

「あのひと、昨日病院でも会ったんですよ。深夜の救急外来で……」

「そうでしたか」

巽が見たこともないような険しい顔つきをした。鋭い目は男が消えた廊下の角を睨《にら》んでいる。

「篠目《しのめ》さんはここの清掃員ですが、子どもたちを怖がらせたり、少々問題がある方でして」

巽は言葉を区切り、低い声で言った。

「彼が現れると、ひとが死ぬんです」

頭上の蛍光灯がぶんと唸《うな》った。

「巽さん、何言ってるんですか……」

質の悪い冗談かと思ったが、表情は真剣そのもので、自らの言葉に対する恥まで見て取れた。

「自分でも馬鹿げた話だとは思います」

巽は顔の前で両手の指を組んだ。

「彼、篠目さんは去年からここの清掃員をしています。初めは美鳥さんの誘いもあって、読み聞かせの準備も携わっていたのですが……彼がよく声をかけていた子が急に来なくなりました。後から聞くと、その子の兄弟が亡くなられたそうです」

「それだけですか？」

「まだあります。朝香さんのことはご存知ですよね。ここで一番年長の」

おれは息を呑《の》む。読み聞かせ会に来ていた、籠原の妹だ。昔あったときは籠原に目元がよく似ていて、でも、籠原より活発そうだった。

ここで見たときはあまりに印象が違って、初めは気づかなかった。荒れ放題の髪で顔を隠した、亡霊のような姿が浮かぶ。

巽は眉間《みけん》に皺《しわ》を寄せ、組んだ手に顎《あご》を載せた。

「彼女のお姉さんが自殺する直前も、近辺で篠目さんを見かけたそうです。自宅の前で待ち伏せしていたり、彼と朝香さんのお父さんが揉めたこともあったとか」

おれの手からペットボトルが滑り落ちた。緩いキャップが外れて茶の雫《しずく》が足首を濡《ぬ》らす。おれは巽に詰め寄った。

「じゃあ、何ですか。あいつストーカーってことですか。籠原はあいつに付き纏《まと》われてたんですか」

「折内くん、落ち着いてください」

巽に宥《なだ》められても冷静になれなかった。籠原が死んだのはあいつのせいじゃないか。あの男のせいでおかしくなってあんなことになったんじゃないか。

生前の籠原は一言もそんな話をしてくれなかった。知ってたら何かできたかも知れないのに。

巽はハンカチで零《こぼ》れた茶を拭《ぬぐ》ってから、拾ったペットボトルの蓋を閉めておれに差し出した。

「申し訳ありません。こんなときに話す内容ではありませんでしたね」

「おれこそ熱くなってすいませんでした……」

おれは拳《こぶし》ひとつ分距離を空けて座り直す。

「今の話、本当なんですか」

「ええ、直接朝香さんから聞きました。他にも彼の周りでは……」

巽は言葉を区切り、濡れたハンカチを握りしめた。グレーのタータンチェックの布地から埃《ほこり》を吸って薄黒くなった茶の汁が滴り落ちた。

巽が顔を上げる。

「折内くん、更に不快な思いをさせたら申し訳ありません」

「急に何の話ですか」

「貴方《あなた》は小学五年生の頃を覚えていますか」

喉元《のどもと》を締めつけられたように呼吸が止まり、頭の芯《しん》が揺らいだ。何で今、そんな話をするんだ。おれは必死で息を吸いながら答える。

「……おれ、実は子どもの頃の記憶がないんです。ちょうど小五のあたりの」

「そうでしたか。何かきっかけが？」

「わかりません。その後すぐ引っ越して、親父やお袋に聞いても教えてくれなくて、前の学校の奴らとも話すなって言われてて。思い出したら危ないからって」

巽の両目に映るおれの顔は蒼白《そうはく》だった。

「何で、そんなこと聞くんですか？」

「忘れてください。思い出さない方がいいのかもしれません」

「教えてください。籠原や健に起こったことと関係あるんですよね。だから、言ったんですよね？」

おれは巽の腕を摑《つか》んで揺する。巽は深く溜息《ためいき》を吐き、水滴が蛍光灯を反射する床を睨んだ。

「初めに折内くんの名前を見たときに気づきました。貴方は私の弟の同級生だったんです」

「巽さんの……？」

最初の打ち上げのとき、巽の弟は自殺したと聞いていた。

「弟は人付き合いが苦手で孤立しがちでして、友人と呼べるのは貴方しかいませんでした。よく折内さんの話をしていましたよ」

巽は悲しげに笑い、唇の下を指した。

「タッちゃんと呼んでいたんですよね。覚えていませんか。口元に黒子《ほくろ》があった」

古びた電線がショートするように、記憶の中の光景が鮮烈に光った。

真夏の夕暮れが垂れ込める校庭と、温くなった鉄棒。砂まみれの水道場から落ちる水滴の音。色白な少年が微笑む。顔はぼやけて思い出せなかったが、口元の黒子が上下したのは覚えていた。

「少しだけ覚えてます……」

おれは水槽から出された金魚のように喘《あえ》ぐ。タッちゃんと、確かにそう呼んでいた。何故忘れていたのだろう。掠《かす》れた記憶の光景は、九月の教室に変わる。悲鳴と血の匂い。

見透かしたように巽が言った。

「弟は小学五年生の夏休み明け、同級生に刺されました。命に別状はなかったのですが、それ以来、弟は何にでも怯《おび》えるようになり、最後は自ら命を絶ちました」

思考が千切れて言葉が出なかった。おれは覚えている。幼い手から零れ落ちるナイフと、ニスが剝《は》げた教室の床に広がる血を。

「私の弟を刺したのは、篠目さんあの男です」

頭痛が脳を突き抜けて全身を突き刺すようだった。意識が身体から剝がれ落ちる。倒れかけたおれを巽が支えた。

「どうして、タッちゃんが刺されなきゃならなかったんですか」

「理由はわかりません。篠目さんは未成年でしたし、保護観察ということで罪には問われませんでした」

「おかしいでしょう！　ひとを殺そうとしたんですよ！」

「弟のために怒ってくださってありがとうございます」

巽は全てを諦《あきら》めたように微笑んだ。

「折内くん、どうか気をつけて。彼には近づかないでください」

挿花教室の老女たちに交じって会館を出てからも、鐘を打つような頭痛が治らなかった。電車の揺れが痛みを増幅させる。

座席に沈み込むように座り、車窓を流れる夕暮れの東京を眺めた。

おれは何も知らなかった。タッちゃんも、篭原も、健もあんなに近くにいたのに、抱えていたものをおれは何も見ようとしなかった。

自分が情けなかった。篭原が相談してくれなかったのは、きっとおれには頼れないと思ったからだ。

おれに何ができるだろう。全ての事件の渦中にいたのは篠目という男だ。奴がいて、みんなが不幸になった。

怒りで頭の中が洗濯機のように回転する。嘘か本当かはわからないが、あの男に怒り続けていなければ、握った拳を自分に打ち付けるしかなかった。

奴のことを探ろう。もしかしたら、健が凶行に走った理由もわかるかもしれない。

おれはポケットの中の御守りを握りしめた。

電車を降りると、駅前の商店街はほとんどシャッターが下り、代わりに飲み屋街の明かりが灯《とも》り始めていた。

すずらん型の街灯の下で、ネオンか酔いか、頰を赤く染めたサラリーマンが屯《たむろ》している。上着を羽織っていても寒いのに、居酒屋から半袖《はんそで》で出てきた店員が、ビールケースを抱えて去っていった。

籠原が死んだ日、同じくらいの時間、似たような場所で朝香と会った。上着も羽織らず、靴を履かずに、顔に血をつけて歩いていた。

あのとき、ちゃんと事情を聞いていれば惨劇も防げたかもしれない。おれはカーディガン一枚貸しただけで満足してしまった。

終わらない思考を断ち切るために、おれはスマートフォンを開いた。メッセージアプリの通知がパンクしそうなほど溜《た》まっていた。ゼミの飲み会や、冬の合宿の誘いや、塾講師のアルバイトのシフト表がずらりと並んでいる。

おれの日常は何も変わっていないはずなのに、見える景色が全く変わってしまった。トイレットペーパーの安売りを宣伝するドラッグストアや、違法駐輪だらけの学習塾を抜け、アパートに向かう。

臙脂色《えんじいろ》の見慣れた建物が目に入ったとき、焦げくさい臭いが漂った。学生用の安アパートだ。誰かが長時間シャワーを浴びていると、そんな臭いがすることもある。

気にしないように踏み出すと、階段の前に影があった。真っ黒な人影が。

影は階段の前に積まれた置き配の段ボールと、空っぽの植木鉢にもたれかかるように座っていた。

近づいても男か女かもわからない。黒い上着を着てフードを目深に被《かぶ》っているのかもしれない。

まだ夜は浅いが泥酔しているのか、それとも、具合が悪くて休んでいるのか。

おれは歩み寄り、不安にさせないよう努めて明るい声を出した。

「すいません、大丈夫っすか」

真っ黒な人物は答えない。肩が泣いているように微《かす》かに揺れているのがわかった。

「具合が悪いなら救急車呼びましょうか？」

膝《ひざ》を抱える両手の隙間から啜《すす》り上げる声が漏れている。泣いているのを見られたくないのかもしれない。一瞬迷ったが、おれは屈《かが》んで彼か彼女かを覗《のぞ》き込んだ。助けられたかもしれないひとを見過ごすのはもう御免だ。

「ここ寒いんで、よかったらおれの家で休みませんか。薬か飲み物なら買ってきますから」

固く組まれていた手が少し緩み、隙間から顔が覗く。

安堵《あんど》した瞬間、得体の知れない不安が胸を過《よぎ》った。

こんなに近いのに顔が見えない。真っ黒な腕の間からくっくっと喉《のど》を鳴らす嗚咽《おえつ》が響き、肩の震えが大きくなる。泣いてるんじゃなく、笑ってるんだ。

思わず後退《あとずさ》りすると、黒ずくめのひとが急に身を起こした。切れかけの蛍光灯が明滅する。

フードをかぶっていたんじゃない。全身が煤《すす》を塗ったように黒い。閉じた目蓋《まぶた》の下は眼球などないように落ち窪《くぼ》み、鼻は小さなふたつの穴が空いているだけだ。人間じゃない。

真っ黒な影が裂け目のような口を開く。大柄な身体からは想像できない、甲高い赤ん坊の泣き声が響き渡った。鋭い音が鼓膜を射貫《いぬ》き、頭痛が蘇《よみがえ》る。

黒い影は両手と両足を地面につけ、途端に這《は》うようにこちらへ向かってきた。

おれは踵《きびす》を返し、全力で走る。

何かはわからない。でも、捕まったらまずいことだけはわかった。すぐ後ろでざかざかとアスファルトを削る音がする。おれは足を速めた。

「何なんだよ……！」

赤ん坊の泣き声が住宅街にこだまする。

木々が揺れるほどの大声だ。なのに、誰も家から出てこない。

眩《くら》む視界に、背後にチラつく影が映る。這いずりながらこんな速さで追って来られるはずがない。

道路に飛び出すと、目の前を乗用車が掠めた。

走行音が後を引き、突風が押し寄せる。明確な死を意識して全身が凍りついた。

横断歩道は赤い信号が灯っている。金属を擦り合わせるような泣き声が徐々に近づいてきた。

おれは信号が変わる前に駆け出した。

向かいの通りの雑踏に飛び込む。学生が驚いた顔でおれを避《よ》け、サラリーマンが怒鳴りつける。

肩がぶつかる硬質な感触。おれはしどろもどろで謝って走り続けた。おれがぶつかったひとがまだ背中を睨《にら》みつけているのを感じた。

駅前のバスロータリーに辿《たど》り着き、おれは停留所のベンチに頽《くずお》れる。黒い影は追ってきていない。頭痛も、耳鳴りも、赤ん坊の声もない。

おれは乱れた呼吸を整え、ベンチに横たわった。全身の汗が乾いて体温を奪う。冷静になるにつれ先程見たものが紛れもない真実だとわかった。

「くそ、何だよあれ……」

絶対に生きた人間じゃない。じゃあ、幽霊か化け物か。そんなはずない。世の中に存在するはずがない。

怖い話なんて不幸な奴の慰めだ。ベンチの銀の手すりに反射するおれは汗まみれで悲惨な顔をしていた。まるでホラー映画に出てくる犠牲者だ。

酸欠で頭が回らず、無意識に笑い声が漏れた。どこからどう見ても今のおれは不幸でおかしな奴だった。

赤ん坊の泣き声をうるさいと思ったことなんてないのに、今は思い出すだけで精神が波立つ。

ふと、あの声をどこかで聞いたことがあると思った。健に電話をかけたとき、向こうから聞こえてきた声だ。

健は家にいると言っていて、おれは嘘だと思った。でも、本当だったら？　健は霊媒師としての美鳥に頼っていたらしい。もし、おれが今見たものと同じものに悩まされていたんだとしたら。

　血で変色した御守りがベンチの隅に転がった。

「気づけなくて、ごめんな……」

　自分の顔から滴るものが汗か涙かわからなかった。

　当てもなくロータリーを彷徨《うろつ》きながら、これからどうしようかと思う。

　あれがまだいたらと思うと、家に帰る気はしない。今なら泊めてくれる友だちは何人か浮かんだ。でも、あれが人間じゃないなら他人の家にいても追ってくるかもしれない。誰かを巻き込む訳にはいかない。

　おれは足を引き摺《ず》りながら、駅前のネットカフェを訪れた。

　気怠《けだる》い音楽とブースから聞こえるいびきが気持ちを落ち着かせた。ここなら深夜でも店員がいるし、すぐ逃げ出せる。

　ドリンクバーで紙コップにコーヒーを注ぎ、フラットシートに横たわった瞬間、おれは眠りに落ちた。

　耳元で微かな声がした。

　混濁した意識の中、懐かしさを感じた。囁《ささや》くような柔らかい声だった。

「籠原……？」

重い目蓋を開く。緩慢な音楽が流れ、安っぽい合皮のシートが細長い電灯の光を歪《ゆが》めて映していた。

おれの隣に誰かが横たわっている。長い髪がシートに広がり、おれの指先に触れそうだった。

隣の人物が上体を起こした。カーテンのように垂れた髪がおれの鼻先をくすぐる。物が焼け焦げる臭いがした。

飛び起きると、狭いブースにはおれ以外誰もいなかった。ただ、隣に真っ黒な人型の煤が張り付いていた。喉から呻《うめ》きが漏れる。今さっきまで、あれがここにいたんだ。

おれはリュックサックと上着を摑《つか》み、ブースから飛び出した。

時刻は午前九時半だった。朝日が目に痛く、開店準備を始めた商店街の店々から様々な音が響き出していた。日付が変わったのが信じられない。

シャワーも浴びないまま気絶するように寝ていたらしい。

駅のトイレに駆け込んで顔を洗う間も、鏡に何か映らないか気が気じゃなかった。ひび割れて煙草の痕《あと》がついた洗面台がゴポゴポと水を零《こぼ》す。

大量のビニール袋を抱えた、汚れた肌の老人がトイレに入ってきた。老人はおれに構わず上半身裸になると、備え付けのハンドソープで身体を洗い出した。

灰色の泡が飛んできて、おれは逃げるようにトイレを出た。

コンビニでサンドイッチとお茶を買い、電車の中で食べる間に、気づけば大学の最寄駅を通り過ぎていた。次の駅で降りて乗り換えれば午後の授業には間に合うが、腰が針金で固定されたように、席から降りられなかった。

ネットカフェにいてもあれが来たんだ。

大学まで追ってこないとも限らない。いつの間にか隣に真っ黒な影が座っているのを想像して身震いする。

健も、今のおれと同じ気持ちで過ごしていたんだろうか。

寝不足と頭痛で吐き気と眩暈《めまい》がした。

泣き言が出そうになるのを堪《こら》える。

あの黒い影が何なのかはわからないが、みんなの死や怪我には常に篠目という男が関わっているなら、奴を追及しないことには終わらないのだろう。

篠目は美鳥たちが搬送された病院にいた。脳内に電撃が走る。奴は殺し損ねたふたりを追ってきたんじゃないのか。美鳥と健が危ない。

昼間の総合病院は光に溢《あふ》れ、植え込みの木々や花壇のヴィオラまで輝いていた。一昨日《おととい》の夜はあの白壁が闇を吸収して、巨大な黒い箱のように見えたのに。鼻にチューブをつけたパジャマ姿の子どもや、車椅子の老人が見舞いに来た家族と談笑している。笑い声が木々のざわめきに混じって幾重にも増幅した。

明るい景色がかえって不安を掻《か》き立てる。

タクシーの群れを抜け、自動ドアを潜ろうとしたとき、ガラスに黒い人影が映った。

おれは飛び退《すさ》る。逃げようと思ったが、帷《とばり》のような黒髪から覗《のぞ》いているのが人間の顔だとわかった。

長い髪と色の濃いブレザーが溶け合って、影が自立したように見える、細身の少女だった。読み聞かせの会で何度も会っていたのに。直接話すのは何年ぶりだろう。トラウマを思い出させないようにと距離を置いていたが、もっと早く声をかけていれば、と思った。

「籠原……」

朝香はおれを見留めて小さく会釈した。


受付は昼休憩らしく、病院のロビーは無人だった。

照明も明度を下げ、青白い光が深海の底のように見えた。

おれは朝香と並んで隅のソファに腰を下ろした。

朝香は強張《こわば》った顔を髪で隠し、視線を避けているように見えた。おれは正面を向いたまま話しかける。

「……朝香ちゃん、だよな？　久しぶり」

「お久しぶりです……」

蚊が鳴くような声だった。近くで聞こうとして、昨日身体を洗っていないのを思い出し、慌てて身を引いた。朝香が小さく震える。

「ごめんなさい。私、何か……」

「違う、朝香ちゃんのせいじゃなくておれ。昨日忙しくて風呂《ふろ》入ってなくてさ」

朝香はやっと微笑んだ。呆《あき》れたような柔らかい笑顔は姉妹でそっくりだった。

「今日はどうかしたの？」

「美鳥さんのお見舞いに……でも、まだ会えないって」

「そっか。まだ意識戻らないんだ」

「穴水さんと何があったんでしょう……ニュースで見ましたけど、いきなりこんな……」

髪の間から微《かす》かに噛《か》み締めた唇が見えた。

「まだわかんないけど、何か理由があると思う。健はあんなことする奴じゃない……って、今言うことじゃないよな。ごめん」

朝香は首を曲げて俯《うつむ》いた。

「美鳥さんのお仕事と関係あるのかもしれません」

「仕事って、霊媒師？」

「私も姉さんのことで相談に乗ってもらってて……」

「籠原のことで？」

「詳しくは聞けなかったんですけど、偶《たま》に姉さんみたいになっちゃうひとがいて、美鳥さんはそれを助けようって……」

朝香がひっと喉《のど》を鳴らして蹲《うずくま》った。白い肌から更に血の気が失《う》せ、喘《あえ》ぐように息をしている。おれは朝香の背中を摩《さす》った。

「無理に話さなくていいから」

恐竜の化石のように浮き出した背骨の感触が痛々しい。呼吸が整うのを待ちながら、おれは巽の話を思い出す。籠原の死の影にもあの男、篠目がいた。繋《つな》がりがあるなら聞き出したいが、今の朝香には酷だ。

朝香は何度も謝りながら口の端の唾液《だえき》を拭《ぬぐ》った。

「……これから、美鳥さんの従兄弟《いとこ》と会うので何か聞けるかもしれません」

「朝香ちゃん、そのひとを知ってるの？」

思わず大きくなったおれの声がロビーに響いた。朝香は驚きながら頷《うなず》く。

「昔姉さんのこと助けようとしてくれたので……」

「おれも美鳥さんに言われてから探してたんだけど見つからなかったんだよ。今日朝香ちゃんと会えてよかった」

朝香は小さく口角を上げた。面影がまた籠原と重なって胸が痛んだ。

そのとき、頭上の蛍光灯が細い悲鳴を上げ、急に照明が落ちた。ロビーが写真のネガのように暗転する。

朝香が身を強張らせる。おれは不安を気取られないように笑顔を作った。

「ブレーカーが落ちたか、誰かが間違えて消したのかも。見てくるね」

おれが立ち上がると、朝香も後をついてきた。

歩調を合わせながら廊下へと進む。古びた壁は所々黒く汚れ、焼けて溶けた蠟燭《ろうそく》を思わせた。

廊下の隅でパジャマ姿の子どもたちが輪になって遊んでいた。手を繋いで歌いながら足を踏み鳴らしている。かごめかごめをやっているんだろうか。

子どもたちが口ずさむ曲は聞いたことがない旋律で、歌というより読経《どきょう》のようだった。

朝香がおれの服の裾《すそ》を握る。

幼い声に不似合いな重々しい旋律が、這《は》うように流れてきた。

「よみからおはりや、かくあそばせたまえ」

子どもたちは一段と高い声で歌い跳ね回る。木綿のズボンの間から黒い影が覗いた。輪の中に膝《ひざ》を抱えて蹲っている。

背後から朝香の震える声が聞こえた。

「折内さん、あれ見えますか……」

脳が混乱で埋め尽くされ、頷くのも忘れる。全身が冷え、握った拳《こぶし》の中だけが熱く汗ばんだ。

「おりおりて、かたりかたりましませ」

歌が終わった。子どもたちは互いの手を離し、輪を解《ほど》く。真っ黒な影がありありと浮かび上がった。

焼死体のような人型は子どもたちの足を舐《な》めるように低く這うと、一気におれの方へ駆け出した。

朝香の悲鳴が廊下にこだました。

おれは咄嗟《とっさ》に朝香の腕を摑《つか》んでロビーへと走り出す。蛍光灯の光が筋を描くリノリウムの床が足元を飛ぶように流れる。朝香の叫びを、赤ん坊の泣き声が掻き消した。

おれの家の前にいた奴と同じだ。おれを追ってきたんだ。美鳥と健を守ろう、なんて思い上がりだ。結局朝香まで巻き込んだ。

散り散りになる思考で、おれは必死に言葉を吐き出す。

「ごめん、朝香ちゃん。おれのせいだ」

「折内さんのせいって……」

「おれ、昨日からあいつを見かけた。巻き込んで本当にごめん。絶対何とかするから」

何をどうするっていうんだと理性が怒鳴る。知らねえよと叫びたかった。毛髪が焼けるような焦げくさい匂いが真後ろまで迫っていた。

朝香が足をもつれさせる。おれは朝香を抱きかかえるようにして走った。

短いはずの廊下がひどく長い。耳元で泣き声が聞こえる。

廊下の角から飛び出した瞬間、ロビーにひとが立っているのが見えた。薄暗がりに溶け込む色褪《いろあ》せたジャケットを羽織った、長い黒髪の男だった。腕を吊《つ》るギプス、マスクの下の火傷痕《やけどあと》。あの男だ。

「くそっ……」

何で篠目がここにいるんだ。やっぱり美鳥を殺しに来たのか。よりによってこんなときに。

おれは立ち止まり、朝香を抱える腕に力を込める。前には篠目が、後ろにはあの化け物がいる。

朝香が真っ青な顔で唇を震わせた。この子だけは逃がさないと。

おれは正面から篠目を見据えた。

「何しに来たんだよ……」

篠目はクマに覆われて落ち窪《くぼ》んだ目を見開いた。傷ついたような顔だった。

おれが面食らっていると、篠目はすぐ表情を打ち消し、心底呆れ果てた声で言った。

「やっぱりここにいたか」

「やっぱりって何だよ」

「お前じゃねえよ」

篠目は迷わずこちらへ向かってくる。朝香がおれの腕を強く握った。恐怖が怒りに変わった。篠原の妹までこんな目に遭わせやがって。

おれは朝香を下ろして身構えた。

「逃げて、おれが止めるから」

「……違います」

朝香が掠《かす》れた声を振り絞る。

「違うって？」

「あのひとは……」

篠目が眼前まで迫っていた。背後から爆発するような赤ん坊の泣き声が響き渡る。向かってくるかと思った篠目が、おれの傍を無言ですり抜けた。

「え……？」

篠目は鬱陶《うっとう》しげに右腕を吊る白布を払い、左手の袖《そで》を噛んで捲《まく》り上げた。切り傷や火傷だらけの痩《や》せこけた手が露《あら》わになる。

振り返った瞬間、地を這っていた黒い影が獣のように飛び上がるのが視界に映った。篠目は躊躇《ためら》いなく左手を伸ばし、影に叩《たた》き込んだ。

五本の指が黒い頭部を貫通する。篠目は歯を食い縛り、硬いものを握りつぶすように拳を固めた。

耳を劈《つんざ》くような絶叫が響き渡り、影が塵《ちり》となって霧散した。

電灯が点灯し、ロビーに明かりが戻る。黒い人影は跡形もなく消えていた。おれは呆然《ぼうぜん》と立ち尽くしていた。

篠目は踵《きびす》を返して戻ってくると、陰鬱《いんうつ》な視線でおれたちを睥睨《へいげい》した。朝香が頭を下げる。

「すみません、ありがとうございます」

篠目は煩わしそうに肩を竦《すく》めた。状況が呑《の》み込めない。

おれは朝香と篠目を見比べ、何とか言葉を吐いた。

「今の、何だよ……それより籠原はこいつに付き纏《まと》われてたんじゃ……」

黙り込む篠目に代わって朝香が言った。

「違うんです。篠目さんは姉さんを助けようとしてくれてたんです」

「嘘だろ……でも、何で今ここに？」

「見舞いに来ちゃ悪いのか」

篠目が苛立《いらだ》ち混じりに声を荒らげた。おれは馬鹿みたいに口を開けるしかなかった。

「見舞い？」

「名字が違うからわからなかったのか。篠目雪魚《ゆきお》。俺が暁山美鳥の従兄弟《いとこ》だ」


「マジかよ……」

朝香が何度も頷《うなず》く。

「篠目さんは姉さんの中学のときの同級生で、姉さんがおかしいってわかってからずっと助けようとしてくれてたんです。火傷も、火の中に飛び込んだときに……」

白いマスクの下からは赤い蠟《ろう》を幾重にも重ねたような生々しい火傷が覗《のぞ》いていた。

「ストーカーみたいなことしてたってのは？」

篠目が舌打ちする。

「おたくの娘さんが取り憑《つ》かれてるんで除霊させてくださいって言われて家にあげる馬鹿親がいるか？　何とかできる機会を窺《うかが》ってたんだよ……間に合わなかったけどな」

俯《うつむ》く篠目の顔には、混じり気のない後悔が浮かんでいた。

「じゃあ、籠原は今みたいな化け物に取り憑かれてたっていうのかよ」

「まあな。お前らももう他人事《ひとごと》じゃないか」

篠目はロビーを見渡し、溜息《ためいき》を吐いた。

「夜勤明けで飯も食ってない。ついてこい、向こうで話す」

連れて行かれたのは、院内のコンビニエンスストアの小さな飲食スペースだった。

隣の席ではジャージ姿の中学生が部活仲間の骨折を嘆いていた。篠目がマスクを外すと、少年たちが火傷痕に視線を注ぐ。おれは椅子を動かし、中学生たちの目を遮るように座った。

スツールの上で縮こまった朝香が呟《つぶや》く。

「篠目さん、あれは何なんですか。幽霊なんですか」

「ケガレだ」

篠目はギプスにカップ麺《めん》を載せて器用に啜《すす》りながら、暗い声で話し出した。

人間を乗っ取り、別人のように明るく振る舞い、惹《ひ》きつけた他人も自分も殺すケガレ。それに唯一対抗できるハガシ。ホラー映画の筋書きとしか思えない話が淡々と語られる。中学生たちの談笑が別世界のように思えた。

話が終わり、沈黙が安っぽい木目加工のテーブルを這《は》った。籠原も健もケガレに人生を奪われた。ふたりだけじゃなく、周りのみんなまで。

乾いた唇を嚙《か》む朝香の横顔が見えて、おれは拳を握りしめた。

「……ケガレが人間の身体を操って他人を殺すなら、何でおれたちはさっき直接襲われたんだよ」

「思ってたより冷静だな」

篠目は火傷痕を歪《ゆが》めるように口角を上げた。

「ケガレはウィルスと同じだ。普通の人間の目に見えないだけで常にそこら中に彷徨《うろつ》いてる。一度ケガレや取り憑かれた人間と関わった奴は門を開けたようなものだ。存在を感じ取れるし、逆に向こうからも襲ってくる」

朝香が授業中の生徒のように小さく手を挙げる。

「今は取り憑かれてる穴水さんの意識がないのに、ケガレだけで動けるんですか」

「ケガレは個体じゃない。ウィルスと同じって言っただろ。風邪を治したところで世界からウィルスが消える訳じゃない。免疫が弱ってたらまた別の病気になる。そういう話だ」

椅子の脚がカタカタと鳴り、朝香の震えが伝わった。不安がるのも当たり前だ。これからいつどこでもケガレに狙われると言われたようなものだ。

篠目はカップ麺の容器でテーブルを叩く。

「ケガレは寄生した宿主の記憶を学習する。憑かれて死んだ奴しか知らない情報を持ってることもある。惑わされるなよ」

ネットカフェで黒い人型が現れたとき、籠原の声が聞こえた。あの懐かしい声もケガレの仕業かと思うと、腹の底から怒りが迫《せ》り上がった。

おれは深呼吸して、ポケットの中の御守りを確かめる。

「ケガレに御守りやお祓《はら》いって効くのか」

「祓える訳ねえだろ。死人じゃないんだから。御守りも意味がない」

篠目は怪訝《けげん》そうに眉《まゆ》を顰《ひそ》め、身を乗り出した。

「……お前、何か持ってるだろ」

おれは迷いつつ、健が落とした御守りを差し出す。篠目は左手で素早く引ったくると、壮絶な表情をした。

「誰からもらった」

「誰って、健が落としたんだけど」

篠目は手の平の上に仇《かたき》がいるように御守りを睨《にら》みつけ、途端に立ち上がった。

「美鳥のところに行く」

怪我人とは思えない速さで歩き出した篠目を追いかけ、入院棟に踏み入った。濃厚な消毒液の匂いに息が詰まる。

篠目は最奥の部屋の扉を開け放った。朝香が喉《のど》を鳴らして呻《うめ》いた。

ベッドに横たわる美鳥は、元気な頃が思い出せない姿だった。

顔は泥を塗ったような土気色で、全身に無数のチューブが繋《つな》がれている。酸素マスクの曇りで呼吸していることだけはわかる。虫に管を刺されて樹液を吸われ、枯れ果てようとしている樹木を連想した。

「馬鹿が、度量超えたことまで首突っ込みやがって……」

篠目は吐き捨てると、美鳥の腹の上に手を翳《かざ》し、砂を摑《つか》んで放るような仕草をした。美鳥の青黒く変色した目蓋《まぶた》が僅《わず》かに開く。

「雪魚……？」

心電図を示す機械が高く鳴った。美鳥は白い絆創膏《ばんそうこう》を貼った口元で微笑む。

「ごめんね、結局頼っちゃって……」

「いいから寝てろ。手だけ借りるぞ」

篠目は無造作に布団に手を突っ込み、美鳥の腕を引き出した。黄斑《おうはん》と注射痕《あと》が残る痩《や》せこけた腕だった。篠目はベッド横のスマートフォンを美鳥の指に押しつけ、ロックを解除する。

美鳥が再び眠りに落ちたのを確かめてから、篠目は病室を出て、スマートフォンを耳に押し当てた。

通話音が響き出す。何をしようとしているのか。

おれと朝香の視線に気づいたのか、篠目は舌打ちしてスピーカーフォンに切り替えた。

電話の向こうから、関西訛《かんさいなま》りのあるしゃがれた声が聞こえた。

「美鳥さん、起きはったんか。ニュースで見て……」

「まだ起きてない」

篠目が短く答えると、電話の向こうの相手は息を呑んだ。

「雪魚くん……そうか、もう君しか太刀打ちできへんか。美鳥さんは君を巻き込まんように必死だったんやけど」

「悪いが、世間話してる時間はないんだ。日出さん、穴水って奴のことで美鳥から相談受けてたよな」

日出という男はしばし黙り込んでから答えた。

「ああ、受けた。あんとき私が行ってればよかったんやけど」

「別のハガシを派遣しただろ。誰だ？」

「碓氷いうて、私の弟子や」

篠目は沈鬱《ちんうつ》に首を振り、電話に何かを囁《ささや》いた。日出の裏返った声が反響する。

「そないなはずないやろ！」

「現にそうなってる。碓氷は今どこにいる？」

通話が途切れたかと思うほどの沈黙の後、日出が言った。

「責任感じてもう一度対処するいうて、今東京に行ってるはずや」

日出はまだ詫《わ》びを告げていたが、話が終わる前に篠目が電話を切った。

篠目はスマートフォンをジーンズのポケットにしまい、代わりに御守りを取り出す。

「やりやがったな……」

「やりやがったって、誰が何を？」

「碓氷ってハガシが祓うふりして穴水に呪いをかけやがった」

「何で……」

「自覚できないままケガレに取り憑《つ》かれてたんだろうな」

「嘘だろ！」

篠目は詰め寄るおれの目の前で御守りの袋を破り、中身を突きつけた。くしゃくしゃに折り畳まれた和紙だった。

紙面には濃い墨で呪文《じゅもん》じみた筆文字と、檻《おり》に囚《とら》われた鼠のような禍々《まがまが》しい絵が描かれていた。


「何だよこれ……」

「ケガレを取り憑かせるためのきっかけだ。呪いの札だと思えばいい」

篠目は病院の外に出てから、ライターで紙を焼いた。呪いの札は呆気《あっけ》なく燃え尽き、篠目の爪の間に残る灰となった。

篠目は側溝に灰を捨て、病院前のバス停を睨む。

「碓氷のところへ行く。お前らも来い」

朝香が小さな肩を更に縮めた。

「私たちもですか？」

「またケガレが襲ってきたらどうする。碓氷を締めるときはついてこなくていい。俺の目の届くところにいろ」

緑の車体に青空と病院を映したバスが訪れ、おれたちは奥の座席に乗り込んだ。

朝香は俯《うつむ》いてバスの振動に揺られ続けている。おれは篠目が握る空の御守り袋を見下ろした。

「健は『もう大丈夫』って言ってたんだ」

篠目が訝《いぶか》しげにおれを見る。

「碓氷ってひとに祓ってもらって安心したんだと思う。それなのに……」

おれは奥歯を強く噛《か》む。

「マジで碓氷ってひとが健を呪ったのか。ハガシはケガレに対抗できるんだろ」

「碓氷は雑魚《ざこ》だから負けた」

「雑魚って……」

「実力より精神の問題だ。あいつはケガレに同情して安楽に成仏させる術《すべ》を探してた。

そのために既存の宗教にも頼った馬鹿だ」

篠目は冷然と告げる。

「昔、クリスチャンのハガシがいた。ケガレも神の被造物である以上救われるべきだとか言ってたな。そいつがどうなったと思う？」

おれは首を横に振った。

「ケガレに乗っ取られて自分の目に十字架をぶっ刺して死んだ」

篠目は言葉を失うおれに構わず続ける。

「ケガレに同情すれば付け込まれる。人間の弱みに滑り込むからな。お前も気をつけろ」

「おれも？」

「死にそうな面してるぞ」

おれは自分の顔を撫《な》でた。一日で頬がこけ、剃《そ》り忘れた髭《ひげ》が皮膚の下から微《かす》かに突き出していた。怖い話を好むのは不幸な奴だけだと信じていたのが、今になって皮肉に響いた。

バスが停車し、スクールバッグを背負った学生たちが乗り込んできた。賑《にぎ》やかになった車内で、篠目の声が掻《か》き消されかける。

「お前は文学部だったな。日本神話は？」

「必修で少しだけ」

「学費ドブに捨ててんのか」

篠目は苛《いら》ついたように舌打ちし、胸ポケットの煙草を触った。

「穢《けが》れってのは黄泉《よみ》の国から湧いて出て、死や病、怪我をもたらす。そこに悪意はない。ただそういうものだってだけだ。死後の世界があるのかは知らないし、ケガレには悪意があるとしか思えないけどな」

「……ケガレも理由なしで湧いて出てくる不幸の元凶って話？」

「わかってんじゃねえか。ケガレは気が枯れると書くんだ。気力が枯れ果てると乗っ取られる。それを回復させるのが神事や祭事、ハレとケの晴れの儀式だ。ハガシの語源も元は『晴れ師』らしい」

「何か壮大だな」

「現状は程遠いけどな。今のハガシでまともな生活を送れる奴なんてほとんどいない。寧《むし》ろ誰よりもケガレに近い日陰者だ」

篠目は火傷痕《やけどあと》を吊《つ》り上げて自嘲《じちょう》の笑みを浮かべた。おれと変わらない年の男は、すでに一生分以上の傷を負っている。

おれは視線を伏せて聞いた。

「……勝てんの？　碓氷って奴もやられたんだろ」

「今生きてるハガシの中で、たぶん俺が一番強い」

篠目が答えたとき、ブレーキ音が鳴り響き、バスが急停車した。吊り革にぶら下がって駄弁《だべ》っていた学生たちが転倒し、優先席の老女が手すりに頭を打ち付けて呻《うめ》く。おれは声にならない悲鳴を上げた朝香の手を握り、フロントガラスの向こうを見た。一台の黒い乗用車がバスにぶつかる寸前で停車し、白煙をあげている。

篠目が短く言った。

「ここにいろ」

止める間もなく、篠目は運転手の制止を振り切って無理やりドアを開け、車外に飛び出した。車内が混乱の声と怒声で満ちる。

車道から歩道へと駆ける篠目の後ろ姿は、細く頼りない。おれは篠目を追って車外に出た。

窓から漏れる運転手と乗客の声が背に降りかかった。

歩道では既に野次馬がスマートフォンのカメラをバスに向けている。黒い乗用車の運転席は開け放たれ、中は無人だった。

薄いスニーカーの靴底に嚙み付くアスファルトの凹凸を感じながら歩道を走る。篠目が路地の角を曲がるのが見えて、おれは足を速めた。

路地裏に入った途端、生ゴミの腐臭と湿った風が押し寄せた。地面は建物の影と同化した暗い水で濡《ぬ》れている。

最初に篠目の背が見え、次に相対する男の姿が見えた。おれより少し年上の、真面目そうで品が良い青年だった。この男が碓氷か。

篠目が苦々しく呟《つぶや》く。

「東京まで何しに来た」

碓氷は怯《ひる》むことなく微笑を返した。

「ニュースを聞いて駆けつけたんだ。責任を感じるに決まってるだろ。穴水くんは……」

「お前がケガレを取り憑かせたんだろ」

碓氷の瞳《ひとみ》は篠目ではなく、何処か遠くを見ている。違和感に気づいた篠目が振り返り、目を剝《む》いた。

「恵斗、来るな！」

篠目の肩越しに、碓氷が笑った。顔中の筋肉を吊り上げられたような笑い方だった。

「折内恵斗か」

何でおれを知っている。碓氷は耳まで裂けそうな唇で言った。

「道理で。おかしいと思ったんだ。穴水くんの中にいたケガレは赤ん坊だったのに、もうひとつ成長しきった者がいたから」

「何の話だよ……」

「全部君に繋《つな》がっていたんだな」

「恵斗、聞くな！」

篠目の顎《あご》から冷や汗が伝い落ちる。

碓氷は喉《のど》を鳴らした。

「折内くん、君の周りで不審死が多かっただろう」

「何でそれを……」

「当然だ。ケガレは君を追っていたんだから。十年前、君は殺されるはずだったのに逃げ延びてしまった。ずっと君に付け入る隙ができるのを探してたんだ。でも、君はなかなか不幸にならなかった」

心臓が膨れ上がった。鼓動が騒がしく、血管を突き破って破裂しそうだった。

「君が死んでいれば他のみんなは無事だったのに。図太いんだな。自分のせいでひとが死んでもお構いなしか」

意識が遠のく。十年前、おれがケガレに狙われていた。たぶん記憶を失ったときのことだ。おれが死んでいれば、籠原も健も美鳥も無事だった。

「黙れ！」

篠目の声が手放しかけた意識を引き戻した。篠目は地を蹴《け》って、左手を碓氷の額に伸ばす。碓氷は身を捩《よじ》り、篠目のギプスを蹴り上げた。

篠目が蹲《うずくま》った隙に、碓氷が駆け出す。

「待て！」

碓氷は笑いながら路地から飛び出した。クラクションと、タイヤが骨肉を磨《す》り潰《つぶ》す、凄《すさ》まじい音が響き渡った。路地の向こうから悲鳴が聞こえる。

硬い音がいやに柔らかく湿った音に変わるまで、碓氷はずっと笑っていた。

路地裏にビー玉のような丸いものが転がり込んだ。ガラスと違って跳ねることはなく、熟れたトマトのようにぺしゃりと地面に張りついて止まる。

白濁した眼球だった。

無意識に叫び出したおれの両目を篠目の左手が覆う。指の震えが伝わってきた。

何もかも、全部おれのせいだ。

「おれが生きてたせいだ……」

唇から独りでに言葉が漏れた。

「おれ、子どもの頃の記憶なくて、忘れてたけど、ケガレがおれを殺そうとしてたんだ。なのに、おれが逃げたから……」

篠目は手を離し、冷たくおれを見下ろした。

「じゃあ、今死ぬのか？　それで誰が喜ぶ？」

走馬灯のように親父やお袋や友人たちの姿が浮かんだ。みんな悲しんでくれるはずだ。だからこそ、死ぬべきかもしれない。あいつらを巻き込まないで済む。

考えを見透かしたように篠目がおれを覗《のぞ》き込んだ。

「ふざけんなよ。幸せそうなのが憎かったって通り魔に殺されたら被害者が悪いのか？　美鳥が刺されたのは首突っ込んだからか？　悪いのはケガレだろうが」

「でも、また他の奴が……」

「そうならないためにハガシがいるんだろうが！」

篠目の瞳孔《どうこう》が微《かす》かに震えていた。折れた腕も、爛《ただ》れた火傷痕《あと》も、痛みを堪《こら》えるように震えている。赤の他人のこの男は、自分を削ってまで、おれを助けようとしてくれている。今おれが死んだらそれも全部無駄になる。

おれは口の端から溢《あふ》れた唾液《だえき》を拭《ぬぐ》った。

「悪い、血迷った。もう大丈夫だから」

篠目は無言で目を逸《そ》らした。

おれが立ち上がると、薄い光が差す路地から朝香が現れた。今にも倒れそうな真っ青な顔で自分を抱きしめるように両腕を固く組んでいた。

「ふたりとも、大丈夫ですか……」

碓氷の事故を見てしまったんだろう。おれまでへばっていたら余計に不安にさせるだけだ。場違いだと知りつつ、おれは笑顔を作った。

篠目が呆《あき》れたように舌打ちする。

「警察が来ると厄介だ。とっとと離れるぞ」

篠目は救急車とパトカーが右往左往する大通りを進みながら、日出に電話をかけた。

「碓氷は駄目やったか……尻拭《しりぬぐ》いさせてすみません」

首を絞められているような掠《かす》れた声が重苦しく響く。

篠目は歩調を緩めずに会話を続けた。

「ケガレは十年前に起こった事件を知っていた。何かしら因果がある。碓氷に気づかれずにケガレを憑けた奴がいるはずだ」

「元凶が近場にいてると。察しはついてはるんか」

「ああ、ほとんど答え合わせだ。碓氷がよく関わっていた奴は誰だ？」

日出は永遠にも思える沈黙の後答えた。おれが知っている名前だった。

「嘘だろ！」

おれが割り込むより早く、篠目は通話を切った。おれは言葉を失う。朝香も無言で立ち尽くしていた。

救急車のサイレンだけが空に呑《の》まれるように反響していた。

篠目はスマートフォンをポケットに押し込む。

「予想通りだ。人間と見分けがつかないほど同化していたせいで、あと一手踏み込めなかったが、これで確信が持てた」

「本当なんですか……」

朝香の問いに篠目が頷《うなず》いた。

「明日で全部終わらせる。今日は俺の家に泊まれ。向こうが何か仕掛けてこないとも限らない」

「おれはともかく、朝香ちゃんは高校生だし、おれたちと一緒なんて……」

「大丈夫です。お祖父《じい》ちゃんとお祖母《ばあ》ちゃんも私がいない方が楽だと思うから……それに、たまには友だちと遊べって言われてるし、泊まりに行くって言ったら喜ぶかも」

朝香はこけた頬で笑みを作って見せた。両親と姉を失ったこの子にどんな苦労があったか、おれには想像もできなかった。

三人でスーパーマーケットに行った後、篠目はおれたちを連れて住宅街へと向かった。

一歩進むごとに日が暮れ、暗い街路樹と家々の影が混じり合い、胸がざわついた。

篠目がここだと示したアパートは怪談の舞台になる廃墟《はいきょ》のようだった。

雨垂れで元の色がわからないほど汚れた壁は、所々が古い紙のように剝《は》がれ、晴れているのに錆《さび》だらけの雨樋《あまどい》は濁った水を吐いている。

黙り込むおれたちを余所《よそ》に、篠目は赤茶けた扉に鍵《かぎ》を挿した。

埃《ほこり》が絡んだ生ぬるい空気が押し寄せ、木造の廊下が現れる。篠目は尻込《しりご》みするおれたちを見て肩を竦《すく》めた。

「綺麗《きれい》すぎてホテルかと思っただろ」

部屋は折り畳み式のベッドとちゃぶ台だけがあり、奥には仄暗《ほのぐら》い台所が見えた。

篠目は押入れを開け、死体を入れるような黒い袋を床に投げた。

「美鳥が来たときに使ってた寝袋がある。あとはマットレスと夏掛けの布団しかない」

「じゃあ、朝香ちゃんは寝袋使って。おれはどこでも寝られるから」

朝香が縮こまって頷く。押入れは本棚代わりなのか、大学の図書館で見かけるような民俗学や神学の書籍が大量に詰まっていた。

おれたちは三人でビニール袋から惣菜《そうざい》を取り出し、背を折り曲げてちゃぶ台に座る。篠目が魚編の漢字が羅列された湯呑《ゆの》みを差し出した。おれは思わず噴き出す。

「寿司屋《すしや》かよ」

「美鳥の私物だ。あいつの家に引き取られてから学校の給食にもこれを持って行かされた。お陰で綽名《あだな》もつけられた」

篠目は湯呑みの表面の一文字を指した。おれは何のことかわからなかったが、朝香が代わりに答えた。

「雪魚だから、鱈《たら》ですか」

篠目は首肯を返し、何故かおれに視線を向けた。

おれたちは電子レンジで温めた豆腐ハンバーグや筑前煮《ちくぜんに》を箸《はし》で突《つつ》いた。不自然な姿勢で食事をしていると、胃を圧迫する内容物を意識する。誰が死のうと、命の危険が迫ろうと、今のおれたちはどうしようもなく生きていることを実感した。

ちゃぶ台を囲むおれたちの肩の隙間から冷たい風が吹き込む。何となく、今ここにおれの知らない姉妹の会話や中学時代の話が聞けたかもしれない。怪談が好きな健は案外篠目と話が合ったかもしれない。

三割引きの安い惣菜すら、今あのふたりは食べられない。おれは涙が滲《にじ》みそうになるのを堪えて薄い茶を啜《すす》った。

食事を終えて、朝香がシャワーを浴びる間、おれと篠目はベランダに逃げた。剃刀《かみそり》のような寒気が夜空の黒さを研ぎ澄ましていた。

おれたちは灰皿代わりの空き缶を間に置いて煙草を吸う。暗闇でも鮮明に見える篠目の火傷痕《やけど》が痛々しく、おれはわざと明るい声を出した。

「そういえばさ、意外だったな。嫌とかじゃなくて」

「何の話だよ」

「下の名前で呼ばれたの」

篠目はしまったという顔をして、「昔の癖が出た」と言い捨てて目を背けた。

「巽さんから聞いたけど、おれたち同級生だったんだよな」

「本当に覚えてないんだな」

「……巽さんの弟を刺したってマジ？」

「ああ。ケガレには刃物が効くって言っただろ。あいつは取り憑《つ》かれてた。剝がすつもりでやったが、昔は力加減がわからなかった」

おれは何も言えずに深く煙草を吸った。篠目は煙と共に吐き出す。

「ハガシとして、やれることは全部やってきた。何の意味もなかった」

「でも、お前に救われたひとはたくさんいるだろ」

「だから何だよ。手元に残ったのは傷と前科だけだ。もうハガシはやめる気でいたんだ」

「じゃあ、何で助けてくれてるんだよ」

「美鳥の仇《かたき》だからだ」

隣室の換気扇が悲痛な唸《うな》りをあげ、篠目の声をかき消した。星のない空に、煙草の先端の炎が明星のように輝いた。

室内から音がして、濡《ぬ》れ髪《がみ》の朝香が現れた。

おれたちは空き缶に吸い殻を捨ててベランダから戻る。

朝香はタオルで何度も頭を擦《さす》っていた。篠目がコードでぐるぐる巻きのドライヤーを投げ渡す。

「髪が長いと乾きにくいだろ」

「はい……篠目さんもそうですよね。髪伸ばしてるのは理由があるんですか」

篠目はひとつに結んだ髪を避《よ》けて首筋を見せた。首には一筋の赤い傷があった。

「昔、美容師にやられた。そいつもケガレに憑かれてたんだ。人前で首筋を晒《さら》すのはやめた。自分で切れる長さにしてる」

おれはまたかける言葉がわからずに口を噤《つぐ》む。

朝香は寝袋を座ぶとんがわりに、窓に映る自分を眺めながら言った。

「姉さんも中学まではこのくらい髪が長かったんです。今の私みたいだった」

おれの知る籠原からは想像できなかった。朝香は自嘲《じちょう》気味に微笑む。

「姉さんはいじめられて学校も行けなかったの。でも、高校受験の頃から変わって。私、よかったって言っちゃった。ケガレに乗っ取られてたなんて知らなかったから」

声がどんどん細くなった。おれは朝香の隣に腰掛ける。

「おれもだよ。健に今の方がいいって言っちまった。籠原の昔のことも全然知らなかった。たぶん苦しませてたよな」

朝香は何度も首を横に振った。

「姉さんがああなった日、私たちバレンタインのチョコ作ってたんです。折内さんにあげるはずだったの。ケガレに乗っ取られてても、姉さんが折内さんの話をするとき嬉《うれ》しそうだったのは嘘じゃなかったと思います」

おれの喉《のど》から息が漏れた。今更おれが何を言えるだろう。ただ謝りたいと思ったが、それすら資格がないと思った。

朝香がおれを見上げた。

「カーディガンも、ありがとうございました」

おれは必死で言葉を紡ぐ。

「それだけだろ。おれ何もできてないよ。本当に何も……」

「それだけでいいんだよ」

篠目が短く口を挟んだ。

「ケガレは人間の孤独に付け込む。戦うために必要なのは善意だけだ。それだけが救いになる」

おれと朝香は頷くとも俯《うつむ》くともなく頭を下げた。

明かりを消した廊下でマットレスに横たわり、薄い布団を被《かぶ》っていると、寒さと硬さで目が冴《さ》えた。

明日《あした》には元凶と向き合う羽目になる。おれにできるだろうか。

裸足《はだし》で腐った床板を踏む音が響き、おれは身を竦める。篠目がおれを見下ろしているのがわかった。おれは寝たふりをしながら思考を巡らせる。ハガシですらケガレに乗っ取られたんだ。こいつが安全と言えるだろうか。

突然身体に何かが覆いかぶさって、おれは跳ね起きた。毛羽だったウールの感触が鼻をくすぐる。

夏掛けの布団に、毛玉だらけのセーターとダウンジャケットが被せられていた。

篠目はマフラーをおれの上に放ってベッドに戻った。温かさが徐々に身体を埋め尽くし、おれは眠りに落ちた。


明朝、おれたちは篠目のアパートを出た。

オフィス街から離れた通りは通勤時間も閑散としていて、無人の光景が精巧なレプリカのように見えた。

おれは朝香を見つめた。

「やっぱり危ないし、やめた方がいいって。囮《おとり》みたいな真似……」

「大丈夫です。私が一番警戒されてないと思いますし、それに、ケガレは姉さんの仇だから」

朝香の折れそうな身体に秘めた決意が見えて、それ以上口を挟めなかった。

篠目は正面を見据えて言う。

「向き合うなら躊躇《ためら》うな。奴はケガレに乗っ取られて十年経った。元の人格なんか残っちゃいない」

そして、篠目はおれを横目で見た。

「囮はお前だ。ケガレはお前を狙うぞ」

「覚悟してる。これ以上やられっぱなしでいる気はねえよ。それより、お前こそ満身《まんしん》創痍《そうい》で大丈夫かよ」

「腕の骨はくっついた。全快を待ってる時間はないしな」

路地裏に差し掛かり、篠目は足を止めると、突然腕を吊《つ》る白布を首から外した。ポケットから出てきたのは、斜めに曲がった鋏《はさみ》のような器具だった。

「何だよそれ」

「ギプスカッターだ。病院に行く暇がないときに自分で切れるように中古で買った」

篠目は躊躇《ちゅうちょ》なくギプスに鋏を入れる。禍々《まがまが》しい音と共に包帯が剝《は》がれ、右腕が現れた。生まれてから一度も陽を浴びていないような白い肌には無数の傷があり、肘《ひじ》の骨が歪《いびつ》に突き出していた。

電車を乗り継いで辿《たど》り着いたのは、ことりの家が利用している会館だった。

開館直後の建物の中は静かで、照明も空調も動き始めたばかりだった。薄暗がりの廊下に吐息のような生温かく細い風が流れる。

入り口前の看板には、十一時から近所の高校のバレーボール部にホールを貸し出す予定だと書かれていた。

おれは篠目の肩を叩《たた》く。

「ひとが来るところで大丈夫かよ」

「巻き込む前に終える」

篠目は無表情に答え、朝香を残しておれを廊下の角へと導いた。

寒々しい廊下に佇《たたず》む朝香の背は消え入りそうだった。おれは息を殺して、奴が現れるのを待つ。

革靴が床を踏む冷たい音が響いた。

朝香が顔を上げる。

「急に呼び出してすみません。巽さん」

細身の黒いコートを纏《まと》った巽はいつもと変わらない微笑を浮かべた。

「お構いなく。今日はどうかしましたか?」

朝香は俯きがちに長い髪で表情を隠す。

「美鳥さんのことでどうしても伝えなきゃいけないことがあって……お仕事は大丈夫ですか?」

「ええ、自由に時間を使えますから」

「その時間でケガレを取り憑《つ》かせる呪いをネットにばら撒《ま》いたんですか」

巽が小さく目を見開く。まずい、予定と違う。朝香はただ巽を呼び寄せるだけで、後はおれと篠目がすぐ向かうはずだった。

傍の篠目が「馬鹿」と低く唸《うな》った。

巽は微笑を崩さず、首を傾げた。

「すみません、何の話でしょうか？」

「おまじないが載ってるサイトは巽さんが作ったんですよね。自分を変えられる、普通になれるって。姉さんみたいなひとが飛びつくように」

朝香は金属を断ち切るような声で叫んだ。

「私は姉さんに変わってほしいって思っちゃってた。だから、こんなこと言う資格なんてない。でも、死んでほしいなんて思ってなかった！」

朝香は制服の下から鈍く光るものを取り上げた。ナイフだ。刃《やいば》を向けられても巽は微動だにしなかった。朝香がナイフを振り下ろす前に、おれは駆け出した。

巽は能面のように表情を変えず、片手で朝香がナイフを握る右腕を摑《つか》んだ。

「可哀想に」

巽の手の甲に筋が浮く。手首を捻《ひね》られた朝香が小さく呻《うめ》いた。みしりと嫌な音が響く。

おれは全身に力を込めて巽にぶつかった。衝撃で巽が手を離し、朝香が床に叩きつけられる。ナイフが跳ねた。記憶の中の血溜《ちだ》まりが蘇《よみがえ》り、意識が遠のきかけるのを必死で繫《つな》ぎ止める。

おれは朝香の前に立ち塞《ふさ》がり、巽を見据える。

「……本当にお前が全部やったのか」

巽は微《かす》かに口角を上げた。

「全部がどこまでを指すのかわかりません。私たちを知っているならわかっているでしょう。我々に個の意識はありませんから」

本当にこいつはもうケガレそのものなんだ。足が震えそうになるのを何とか堪《こら》えた。

「お前の弟がケガレに取り憑かれてたって聞いた」

「私が憑けましたから」

「何で……」

「最適だったからです。弟は身体が弱く、学校に馴染《なじ》めなかった」

巽は淡々と答える。

「覚えていないと思いますが、折内さんはよく弟を見舞ってくれていたんですよ。ですが、五年生でクラスが替わって疎遠になった。裏切り者と貴方《あなた》を恨んでいました。最期まで貴方を連れて行きたがっていましたよ」

おれの喉《のど》が勝手に鳴る。奥歯がカチカチと鳴った。巽は溜息《ためいき》をついて目を伏せた。

「貴方がずっと友だちでいてくれれば、弟は取り憑かれなかったかもしれませんね」

目の前が暗くなりかけた瞬間、視界の端に光が走ったような気がした。

潜んでいた篠目が飛び出し、巽に右手を伸ばす。巽の額に篠目の指先が触れた瞬間、じゅっと音がして、黒い煙が立ち上った。

「ハガシ……」

篠目の指が巽の額にずぶりと突き入れられる。焦げくさい匂いと煙が濛々《もうもう》と立ち上った。

「言い訳するなよ。悪いのは全部お前だ。他の誰のせいでもない」

篠目は指を焼かれながら手を伸ばし続ける。指の第二関節までが額に沈み込んでいた。

「美鳥や碓氷だったら少しはお前に同情したかもな。俺はお前らを殺すだけだ。今まで好き勝手やった自分を恨め」

篠目は皮膚を焼かれる苦痛に顔を顰《しか》めながら更に指を伸ばす。巽が笑った。いつもの微笑とは違う、顔中の筋肉を引き攣《つ》らせるような壮絶な笑みだった。

黒い煙が爆発するように膨れ上がった。

篠目が煙に弾《はじ》かれて飛び退《すさ》る。おれは篠目に駆け寄った。

「おい、大丈夫かよ！」

「くそ……」

篠目が奥歯を嚙《か》む。一瞬で辺りが暗くなった。

甲高い赤ん坊の泣き声が響いた。

暗い廊下の壁や天井からどろどろと黒い煙が溢《あふ》れ出す。煙は垂れ落ちる間に奇妙な人型を作った。赤ん坊のような小さな影が次々と吐き出される。

煙に搔《か》き消されて巽の姿が見えない。

喉に石灰を流し込まれたように息が詰まり、器官が熱くなった。おれはえずきながら、烟《けぶ》る視界の中で朝香を探す。目が燻《いぶ》されて涙が溢れる。

「朝香ちゃん……」

充満する煙が蠢《うごめ》き、四方を埋め尽くす黒い赤ん坊が一斉におれに向かって這《は》い出した。

「恵斗！」

篠目の声が聞こえた。傷だらけの手が闇を搔き、そこだけ煙が退いた。床に倒れる朝香の姿が見えた。

おれは這うように朝香に駆け寄り、抱き起こす。

「しっかりしろ！　起きてくれよ！」

朝香が小さく息を漏らした瞬間、耳元で泣き声が聞こえた。

虫の大群のように黒い赤ん坊たちが押し寄せる。煙の中に皺《しわ》くちゃの顔がいくつも浮かんだ。

空洞じみた口で泣き叫びながら、膨れた指でおれに追い縋《すが》る。ひりつく痛みが全身に走った。

赤ん坊の丸い唇がぱくぱくと開閉し、耳障りな声で笑う。振り払っても振り払っても、幼い手がおれに纏《まと》わりついて離れない。

酸欠の頭が締め付けられるように痛んだ。どうすればいい。おれに何ができる。

おれは身体を丸めて朝香を庇《かば》った。

赤ん坊の手とは違う、白く細い手がおれの腕を摑んだ。

「朝香、折内くん」

聞き間違いだと思いたかった。その声は未《いま》だに覚えている。

「ねえ。その手、離して？」

籠原が思い出の中と変わらない綺麗《きれい》な笑顔で、おれを見つめていた。

まとわりつく黒い赤ん坊も、煙も、篠目も、巽も見えなくなった。

「籠原……」

籠原はこくりと頷《うなず》き、おれを覗《のぞ》き込む。赤い唇が動いた。

「気づかないでくれてありがとうね」

柔らかい声が鼓膜を突き破って脳を刺すように響いた。

「折内くんも朝香もこの娘のこと要らないって、ずっと目を背けてくれたから身体をもらえたの。だから、本当にありがとう」

籠原は胸に片手を当てて微笑んだ。身体の芯《しん》が冷え切り、肌の上を這い回る赤ん坊の手の感触だけが熱い。

やめてくれ、籠原の姿でそんなことを言うのは。叫びたかったが、おれにそんな資格がないことはわかっていた。おれは気づかなかった。本当の籠原を知らずに好きだと思っていた。

腕の中が鉛を抱いたように重くなる。抱えていたはずの朝香を見下ろすと、髪が焼ける匂いの煙が鼻を突いた。おれの腕の中にいたのは、真っ黒な赤ん坊だった。声にならない悲鳴が喉から漏れた。何で、いつから。

籠原がおれの腕を摑む手に力を込める。アイロンを押し付けられたような痛みが走った。

「この娘じゃなく私を好きになったんでしょう？　ずっと寂しかったの」

耳元で声が響く。赤い唇から火の粉の絡んだ煤《すす》が吐き出され、頬を焼いた。

「ねえ、その手離して、一緒に来て」

両腕の力が抜けそうになったとき、腕に火傷《やけど》とは違う微かな痛みを感じた。おれが抱える真っ黒な赤ん坊の手元で、銀色の何かが輝いていた。

篠目の言葉が蘇る。惑わされるなと。おれが抱いているのが朝香じゃないなら、ケガレが離せと要求するはずがない。

おれは昔と変わらない籠原を見つめ返した。

「籠原、気づけなくてごめんな。何もできなくてごめん」

おれは赤ん坊の手からナイフを奪い取り、籠原に振り下ろした。もう一度心の中で「ごめん」と呟《つぶや》いた。

籠原は微笑みを打ち消し、獣のように顔を歪《ゆが》める。恨みを込めた絶叫が響き渡った。

籠原の姿が塵《ちり》になって消える。自分が呼吸を止めていたことに気づき、おれは大きく息を吸った。黒い煙が喉を駆け下り、唾液《だえき》とも胃液ともつかない雫《しずく》が口から溢れた。

頭も腕も痛むが、まだ生きている。赤ん坊も消えている。

おれは握ったナイフを落とし、腕の中を見た。真っ青な顔の朝香がいた。

「刺してごめんなさい……何かと喋《しゃべ》ってたから……」

おれは涙と鼻水と涎《よだれ》でぐしゃぐしゃになった顔を拭《ぬぐ》う。

「いや、助かった。ありがとう。連れていかれるところだった」

笑顔を作ったつもりだったが上手《うま》くできたかはわからなかった。

おれは朝香を下ろして立ち上がった。煙が薄くなっている。歪《いびつ》な人型を作る黒煙は一点に集中していた。

どろどろと濁流のように流れる煙を掻き分けながら、篠目は一歩ずつ進んでいた。痩《や》せた身体に無数の赤ん坊がまとわりついている。

「ゆきお、たすけて」

「しのめくん、みすてないでよ」

赤ん坊が囀《さえず》るたびに焼死体じみた皮膚がパリパリと破れ、黒い煤が舞い上がる。篠目は右腕で煙を薙《な》ぎ払った。

「毎回毎回、芸のない猿真似しやがって。俺に勝てたことが一回でもあったか……！」

言葉とは裏腹に、篠目は激痛に耐えかねるように全身を震わせていた。

一際小さな赤ん坊が篠目の足元に縋りついた。膨れた五指が抉《えぐ》るように細い脹脛《ふくらはぎ》を摑《つか》む。篠目が苦痛に呻《うめ》いた。

おれは篠目が倒れる前に背を支えた。シャツに染み込んだ汗が指に滲《にじ》む。篠目は驚いたようにおれを見上げる。

「悪い、頼む、勝ってくれ」

篠目は硬く唇を結んで頷いた。

黒い突風が廊下の向こうから雪崩れ込む。篠目は躊躇《ためら》わずに駆け出し、嵐の渦の中に手を突き入れた。

傷だらけの右腕が人頭じみた塊を摑んだ。

煙幕の先に人影が覗いた。巽の身体には黒い骸骨《がいこつ》のようなものがいくつも絡みついていた。靄《もや》に覆われた頭の横から、無数の黒い顔が果実のように生っている。吐き気が喉奥《のど》から迫《せ》り上がった。

篠目は怯《おび》えることもなく巽の肩を摑み、右腕を伸ばした。煙が火花を放ち、ケガレたちの絶叫がこだまする。もがく巽に合わせていくつもの顔が揺れ、牙《きば》を剝《む》いて篠目に嚙みついた。薄い皮膚から血が噴き出す。

篠目は歯を食いしばり、巽の喉の奥へと右腕を差し入れ続けた。煙が篠目の姿を覆い隠す寸前、笑い声が聞こえた。

骸骨たちに隠れた巽の手が刃物を握っている。おれは咄嗟《とっさ》に駆け出した。篠目は気づいていない。今引き剝《は》がしたら再び近づけないかもしれない。

おれは考えるより早く、巽と篠目の間に身体をねじ込んだ。

左腕に焼けた鉄が生えたような熱が膨らみ、痛みに変わった。意識が飛びそうになるのを必死で堪《こら》える。篠目は目を見開き、ケガレの集合体を見据えた。

「これで終わりだ！」

巽の喉から体内に突き入れた右腕が微《かす》かに光る。篠目が拳《こぶし》を握った。最後の咆哮《ほうこう》と煙と赤ん坊の泣き声が五感を奪う。建物が震撼《しんかん》した。

煙に覆われていた視界が晴れた。

辺りは仄暗《ほのぐら》い会館の廊下に戻っていた。蛍光灯が明滅する館内に中学生のはしゃぐ声が響いている。嘘のように静かな光景だった。

おれは我に返って辺りを見回す。朝香は廊下の隅にへたり込んでいた。無事でよかった。

おれの足元に篠目が蹲《うずくま》っていた。右腕を押さえて身体を震わせ、食いしばった歯の隙間から血が溢《あふ》れている。

おれは自分の傷も忘れて篠目の肩を揺さぶった。

「しっかりしろ、大丈夫か。血が……」

「いつものことだ……」

篠目は荒い息を吐いて身を起こす。

「巽は……?」

篠目が指さした方を見ると、廊下に巽が倒れていた。電池が切れた人形のように微動だにしない。濁った瞳《ひとみ》に蛍光灯の光が反射していた。

「死んでるのか」

「さあな。ケガレは剝がしたが、精神はとっくに食い潰《つぶ》されてる。衰弱死か、一生廃人か」

篠目が吐き捨てる。廊下の向こうから足音が聞こえ、管理人が向かってくるのが見えた。

「面倒事になる前に逃げるぞ」

篠目はにべもなく呟き、足を引き摺《ず》りながら出口へと歩き出した。


会館を出て、駅前まで無言で歩いた。

ファストフード店と学習塾が並ぶ通りが見えたところで、朝香が足を止め、深く身を折った。

「ありがとうございました」

篠目は無言で顔を背ける。おれは朝香の肩を叩《たた》いた。

「何か困ったことがあったら言って。力になるから」

朝香は顔を上げ、小さく笑みを作った。籠原の姿が蘇《よみがえ》り、胸が詰まった。

おれと篠目は駅前の喫煙所に入り、煙草を咥《くわ》えた。銀の灰皿が拷問器具のように光る。焦げくさい匂いと煤《すす》に、先程の光景が蘇った。

「……これで終わったのかよ」

「こいつに関することだけはな。インフルエンザにかかった奴が治ったとこで、世界から病原菌が消える訳じゃない。十年前、巽にケガレを取り憑《つ》けたのは誰だ？」

おれは口から煙草を落としそうになる。

「わかんねえけど……」

「俺だって知らねえよ。ただ、何も終わってないってことだ。ケガレがいる限り終わらない。人間がいる限りかもな」

篠目は煙を吐き、沈鬱《ちんうつ》に首を振った。

おれは唾液で湿ったフィルターを噛《か》む。

「これからどうするんだよ」

「病院に行って、美鳥の様子を見て、帰る。お前も医者に見せろよ。腕刺されてるだろ」

おれは裂けた上着の袖《そで》を見つめた。傷は浅いようで、血が乾いてこびりついていた。

篠目は吸い殻を灰皿に放り込み、パーティションの外に出た。

駅のホームは人影も少なく、時折学生や着物姿の老女たちが笑いながらすれ違った。

彼らはケガレもハガシも何も知らない。少し前のおれのように。おれが知らない間にも篠目はずっと何も知らない人々のためにボロボロになりながら戦っていたんだろう。

改札を抜け、おれはエスカレーターの前で足を止めた。

「おれ、逆方面だから」

「そうか」

「……助かった。ありがとう」

「俺が勝手にやっただけだ」

篠目は短く答える。駅のアナウンスが水の中で聞こえるようにくぐもって反響した。

「あのさあ……ハガシ続けんの？」

「続けるだろうな。やめたくてもケガレの方から寄ってくる」

「そんなズタボロなのに続けるのかよ」

「お前はもう関わるな。お前みたいな奴は何も知らずに善良な馬鹿でいればいい」

「馬鹿って……一応教職取ったんだけど」

わざと軽い口調で言うと、篠目は寂しげな微笑を浮かべた。

「お前には不幸になってほしくない」

同じことを昔、言われたような気がした。篠目は踵《きびす》を返し、エスカレーターへと足を進めた。

「なあ！」

篠目が振り返る。引き止めなければと焦るのも、考えるほど間抜けな言葉しか出てこないのも、昔と同じだと思った。

「……お前がいなかったら、またケガレが来たときどうすればいいんだよ」

篠目は少し躊躇ってから言った。

「それは、自分で頑張れよ」

篠目は火傷痕《やけどあと》を歪《ゆが》めて笑う。ケロイド状の傷に覆われていなければ、口元に黒子《ほくろ》があったはずだ。

おれは知っている。

エピローグ

記憶が鮮明に蘇った。

夏休み明けの教室はまだ緩んだ空気が残り、窓から西日とひぐらしの声が溢《あふ》れていた。

給食を終え、昼休みを告げるチャイムが鳴る。

日焼けした級友たちには、ギンガムチェックのランチョンマットを畳んでいる者も、サッカーボールを片手に競り合うように教室を飛び出す者もいた。

おれが並べた机を元に戻していると、廊下の方から声がした。

「折内くん」

巽によく似た大人しそうな少年が扉に手をかけ、教室を覗《のぞ》き込んでいた。おれは机を放って手を振る。女子たちの最後までちゃんとやれと騒ぐ声が聞こえた。

少年は気後れするように何度も振り返りながらおれの下までやってきた。

「久しぶりじゃん。どうしたの」

おれが尋ねると、少年はしばらく黙ってから答える。

「篠目くんは？」

「今給食当番だからワゴン片付けてる。すぐ戻ってくると思うけど」

少年は一瞬暗い目をして、すぐに瞬《まばた》きした。

「……何で篠目くんのことタッちゃんって呼んでるの？」

そんなことが気になっていたのかと思わず噴き出した。おれは隣の机に置きっぱなしだった、寿司屋《すしや》にあるような湯呑《ゆの》みを取り上げ、ある漢字を指さす。

「タラちゃんじゃんっておれがあだ名つけたの」

「雪魚だから鱈《たら》？」

「そう。へんとつくりが逆だって言われたけど」

おれは笑って見せたが、少年はつられて笑うどころか不服そうに俯《うつむ》いた。

「折内くん、前は僕のこともタッちゃんって呼んでたよね。巽だからって」

「そうだったな」

「でも、クラス替わってから全然うちに来てくれなくなった」

「ごめん、なかなか会えなくてさ。また遊ぼうよ。あいつも呼んで、ダブルタッちゃんで」

おれは明るい声を出しつつ、内心不安を感じていた。少年は張り詰めた険しい顔をしていた。少し会わなかっただけで、そんなに傷つけていたのか。

少年は意を決したように顔を上げ、おれに畳んだ紙片を差し出した。

「読んで」

手紙かと思ったが、広げた紙に書かれていたのは意味を成さないような平仮名の羅列だった。

「口に出して読んで」

おれは困惑しつつ、それで機嫌が直るならと声を出す。

「よみからおはりや、かくあそばせたまえ、おりおりて、かたりかたりましませ……？」

一瞬目の前が暗くなった。足がふらつき、熱中症かと額の汗を拭《ぬぐ》う。少年はじっとおれの様子を窺《うかが》っていた。

「読んだけど、何これ？」

「駄目かぁ」

少年は小さな肩を落として溜息《ためいき》を吐き、ポケットに手を突っ込んだ。細い手に握られていたのはナイフだった。理解が追いつかなかった。

「えっ……？」

「恵斗！」

上ずった叫び声が教室に響いた。真っ青な顔のタッちゃんがおれを見つめていた。

少年は舌打ちしてナイフを振り上げる。銀の刃《やいば》が西日を映してギラリと光った。

刃がおれを貫く前に、駆けつけたタッちゃんが少年に体当たりした。少年が机にぶつかって倒れ、ナイフが床に跳ねる。

タッちゃんは素早くナイフを取り上げ、少年の太腿《ふともも》に刺した。溢れた血がニスの剝《は》げた床に広がり、等間隔で机を置けるように引かれたテープを赤く汚した。

少年の絶叫も、教室に響いた叫びも、別世界のように遠い。頭の中が黒い水で満ちる。目の前に短くて膨れた赤ん坊のような手がちらついた。

タッちゃんの悲痛な声が聞こえた。

「恵斗、しっかりしろ。くそ、やられたのか！」

タッちゃんが血まみれの手をおれに伸ばす。濡《ぬ》れた指先はひんやりと冷たかった。

タッちゃんの手がおれの額を突き抜けて、頭の中をかき回したような気がした。不思議と不快感はなく、心地よかった。黒い水が掬《すく》い出され、頭が軽くなる。

駆けつけた教師がタッちゃんをおれから引き剝がした。級友たちの叫び声と教師の怒鳴り声が近くなった。

「篠目くん、何をしたの！　離れなさい！」

教師に羽交い締めにされたタッちゃんがおれの名前を呼ぶ。口元の黒子が震えるのが見えた。

全部、思い出した。

頭痛が鈍く響き、おれは無意識に頭を抱える。

非常階段で会ったとき、病院で何をしに来たと聞いたとき、小学生の頃の話をしたとき、篠目が傷付いたような顔をした理由がわかった。

おれは全部忘れていた。それなのに、今も昔もずっと助けてくれていたんだ。

おれはエスカレーターを駆け下りた。

生温かい風がどっと吹きつけ、電車がホームに滑り込む。彼はちょうど先頭車両に乗り込むところだった。

おれは走りながら声を振り絞る。

「雪魚……タッちゃん！」

振り返った彼は少しだけ笑った。白かった肌は傷だらけで、伸びた黒髪は乾燥しきっていたし、目の下は落ち窪《くぼ》んで痩《や》せこけていた。口元の黒子《ほくろ》も今は火傷《やけど》に消し潰《つぶ》されて見えない。だが、大人びた笑顔だけは変わらなかった。

おれが伸ばした手を拒むように自動ドアが閉まった。ぴったりと合わさった銀の扉が後ろ姿を掻《か》き消す。

ベルが鳴り、点字ブロックの上で立ち尽くすおれを突き飛ばすように風が吹いた。

電車が走り去る。

穏やかな日差しが降り注ぎ、エスカレーターから降りてきた人々の話し声がホームに満ちた。おれは追いかけることもできず、独り佇《たたず》んでいた。
篠目雪魚を乗せた電車は、駅舎の庇《ひさし》が影を落とす暗い方へと走り出し、やがて見えなくなった。

本書は、カクヨムに掲載された「檻降り語騙り」を改題・加筆修正したものです。

檻《おり》降《お》り騙《かた》り

木古《きふる》おうみ

角川ホラー文庫　24425

令和６年11月25日　初版発行

発行者———山下直久
発　行———株式会社KADOKAWA
〒102-8177　東京都千代田区富士見2-13-3
電話 0570-002-301（ナビダイヤル）
印刷所———株式会社暁印刷
製本所———本間製本株式会社
装幀者———田島照久

ISBN978-4-04-115614-8　C0193

◇◇◇